名家散文典藏

彩插版

李汉荣散文精选

李汉荣 著

长江出版传媒　长江文艺出版社

图书在版编目（CIP）数据

李汉荣散文精选 / 李汉荣著. -- 武汉：长江文艺出版社，2024.6
（名家散文典藏：彩插版）
ISBN 978-7-5702-3580-3

Ⅰ.①李… Ⅱ.①李… Ⅲ.①散文集－中国－当代 Ⅳ.①I267

中国国家版本馆CIP数据核字(2024)第104933号

李汉荣散文精选
LI HANRONG SANWEN JINGXUAN

策划编辑：张远林	
责任编辑：郭良杰	责任校对：毛季慧
封面设计：周　佳	责任印制：邱　莉　杨　帆

出版： 长江出版传媒　长江文艺出版社
地址：武汉市雄楚大街268号　　邮编：430070
发行：长江文艺出版社
http://www.cjlap.com
印刷：武汉中科兴业印务有限公司

开本：640毫米×970毫米　　1/16　　印张：16.5　　插页：6页
版次：2024年6月第1版　　2024年6月第1次印刷
字数：183千字

定价：38.00元

版权所有，盗版必究（举报电话：027—87679308　87679310）
（图书出现印装问题，本社负责调换）

目录

名家散文典藏　李汉荣　散文精选

辑一　草木有本心

与植物相处　/　003
少年的松林　/　006
房前屋后药草香　/　008
芦苇，激动人心的大美　/　011
河边野菊花　/　014
葫芦蔓的浪漫之旅　/　018
车前草　/　021
稻草垛童话　/　025
银杏手里的账单　/　027
凝视一朵野花　/　032
枣树的秘密　/　035

李 汉 荣 散 文 精 选

辑二　万物多欢喜

野地　/　041

林中溪水　/　044

瀑　/　047

山中访友　/　050

顶针：一生的戒指　/　053

榆木书桌　/　055

伞铺街　/　058

牛的写意　/　061

为蚂蚁让路　/　064

对一只蝴蝶的关怀　/　066

燕子筑窝　/　069

动物的眼睛　/　072

辑三　乡愁咏叹调

远去的乡村　/　079

老屋　/　082

木格花窗的眺望　/　085

回忆小时候拜月　/　088

我在河边长大　/　091

想念小村　/　095

水磨坊　/　099

寂寞的稻草人　/　102

小时候的河对岸　/　105

童年的星空　/　109

牛背上的日落　/　119

采青　/　122

李 汉 荣 散 文 精 选

辑四 人间温情在

外婆的手纹 / 129

竹影与外婆 / 133

葫芦架下的母亲 / 136

拉着妈的手在田埂上走 / 139

竹叶茶 / 142

母亲的信仰 / 144

纺车记忆 / 148

父亲和他用过的农具 / 151

父亲的露珠 / 164

转身 / 169

老人与桃 / 172

辑五　精神的天空

又见南山　／　177
越来越接近精神的天空　／　180
月光下的探访　／　182
善良的人才有心灵的花园　／　184
诗意和美感的源泉　／　193
感恩　／　197
生命中柔软的部分　／　201
对孩子说　／　204
我们为什么活着　／　206
星空　／　209

李汉荣散文精选

辑六　千秋赤子心

李子树下走来我们的老子　/　217

水边的孔子　/　220

陶渊明的东篱　/　222

李白——梦游的孩子　/　224

千古诗圣赤子心　/　235

走近诗佛　/　242

桐子树与李商隐的西窗烛　/　253

辑一　草木有本心

看青翠挺拔的玉米怎样抱起自己心爱的娃娃,看聪明的辣椒怎样在寒冷的土里找到一把一把的火,看豆荚躺在小床上如何构思,看韭菜排列得那么整齐,像杜甫的五律……

与植物相处

不管如何,与人相处多了也会有烦的时候。即使孔夫子在世,天天接受他老人家的教导,恐怕有时候也想请假两天在家里闭门思过,享受独处的宁静。即使李白在月光下复活,与他三五天喝醉一次是可以的,甚至是"不亦快哉"的,但如果日日狂饮,夜夜醉倒,不仅诗写不出来,还会喝垮了身体。"圣人"和"诗仙"尚且如此,何况世上并非都是你喜欢和热爱的人,产生"烦"甚至更不好的情绪就难免了。

宠物大约就是由此"宠"起来的,人们养猫、养狗、养鸟,养一些可爱温顺的动物动机之一,恐怕就是想适度地拉开与"同类"的距离,而在与"异类"的相处中感受一种无忧的情趣。与这些动物相处,人可以回复到一种简单的心境,不必戒备和算计,也不必讲究那么多的礼节,更不用点头哈腰献媚讨好。这一切都免了,动物不欣赏人类的文化。你只要喜欢它,它就给你回报:猫就偎在你的怀里,狗就向你撒娇,鸟就向你唱歌。在简单、纯洁的动物面前，人也变得简单、纯洁了，人就有了从容、宁静、无邪的心境，领略生命与生命交流的喜悦。

但是人能与之相处的动物的种类还是太少了，宠物是人精心选择和驯化了的。人不能和狼相处，麻雀好像压根儿不想与人类建立什么亲近的关系，它们只喜欢给人类制造一些小麻烦。人更无法考虑与虎、豹子等凶猛的动物相处，只能在动物园里隔着铁栅远远地欣赏它们的英姿。

这样，我们就格外思念大自然中的植物了。于是我来到植物们面前，它们是我的老师、医生和朋友。

这泛绿的青草可是从白居易的诗里生长出来？蒙蒙细雨里，我几步就走进了唐朝，隐约间仿佛看见了李商隐、王维们的背影，青草绿了他们的诗，绿了古中国的记忆。我看见了车前草，还是在《诗经》里那么优美地摇曳着。狗尾巴草，那么天真地守在路边，谁家的狗丢了尾巴？遍地好看的狗尾巴，令千年万载的孩子们想找到那一定很好看的狗。三叶草，三片叶子指着三个方向，哪一个方向都通向蝴蝶的翅膀。趁我伏在泉边喝水的时候，野百合悄悄地开了，洁白的手在风里打着手势，似乎谢绝与我相握，它嫌我的手太粗糙，嫌我的气息太浑浊？太阳花开了，这么灿烂的笑，我看见太阳的颜色了，我比天文学家看得清楚，我不用到天上去看，太阳的亲生女儿全都告诉我了。

茉莉、菊、栀子、玫瑰……轻轻地叫一声它们的名字，就感到灵魂里生出温柔、芬芳的气息。是的，许多植物的名字太美了，美得你不忍心大声呼叫它们。含着感情轻轻叫一声玉兰，那洁白如玉

的花瓣会撒落你一身，你就感到这个春天的爱情又纯洁又慷慨。静静地守在昙花旁边，不要为天上的星月缭乱了视线，注视它吧，它漫长的一生里只有这一个灿烂的瞬间。竹子正直地生长着；芭蕉粗中有细，准确地捕捉了风的动静；仙人掌握着满把孤独，又用一手的刺拒绝轻薄的同情；一不留神，青苔就爬上了绝壁；野草莓想走遍夏天，却被蛮不讲理的溪水挡住了去路。我也被挡住了去路，于是就躺下来。一觉醒来，野草莓包围了我，多亏不远处松林里那五颜六色的蘑菇向我不停地递眼神，让我看见一条通向远方的幽径。否则，我怎么能走出这温柔而芬芳的围困？

有一小块自己的庄稼地多好啊！看一会儿书种一会儿庄稼，写一首诗侍弄一会儿花草。书里的思想抖落进泥土，会开出奇异的花；泥土的气息漫进诗，诗会有终年不散的充沛的春墒。看青翠挺拔的玉米怎样抱起自己心爱的娃娃，看聪明的辣椒怎样在寒冷的土里找到一把一把的火，看豆荚躺在小床上如何构思，看韭菜排列得那么整齐，像杜甫的五律……

与植物待在一起，人会变得诚实、善良、温柔并懂得知恩必报。世上没有虚伪的植物，没有邪恶的植物，没有懒惰的植物。植物开花不是为了炫耀自己，它是为自己开的，无意中把你的眼睛照亮了。植物终生都在工作，即使埋在土里，它也不会忘记自己的责任。你无意洒落一滴水，植物来年会回报你一朵花。没有谁告诉它生活的哲学，植物的哲学导师是深沉的土地。

少年的松林

我怀念那片松林。

我走进去,就看见了一丛丛蘑菇,露水停在上面,像谁忘记收回去的明亮的眼神。我简直不忍心采摘这些蘑菇,太美丽,太纯洁了,莫非这是松树开在地上的另一种花朵?这么好的花朵肯定有别的更高的目的,我怎么能摘取呢?我走进松林的时候,并没有得到松林的许可,是我自己闯进来的。这纯净、湿润、混合着腐殖土、野花、树木气息的空气,我已经无偿地大口大口呼吸了;这铺着松针和苔藓的柔软的地面,我已经踩踏了;这正直的树干、碧绿的针叶所呈现的伟岸和活力,我正在领略;溪水从草丛穿过,留几句叮咛又隐入林子深处;树枝间的鸟语,我听不懂一句,每一句都像是说给我的。松林啊,这么多这么多礼物,我都领取了,我都享用了,我还要采摘你开在地上的花朵吗?我凝望着那些天真纯洁的蘑菇,手,伸出又缩回,伸出又缩回。在美面前,我的手变得羞涩胆怯。在纯洁面前,我的心守住了纯洁。

我终于背着空背篓走出了松林。回头看，林子那么静，那么深，那么神秘，又那么空灵，它幽静的深处，藏着多少露水、花朵和鸟声，藏着林子外面很难找到的蓝色的梦境。我感到我的背篓并不是空的，盛着我一生中最纯洁的记忆。

多年以后，世上多少林子消失了，多少鸟儿匿迹了，但是再锋利的斧头，也无法砍伐我内心里的那片松林，它固守着我生命中的一部分水土，在最荒凉的季节，我也能听见多年前的鸟鸣，看见湿润的地面上，那美丽的蘑菇，露水停在上面，像谁忘记收回去的明亮的眼神……

房前屋后药草香

我妈养了我们这一群孩子，艰苦不易，但我们都活了下来，直到现在都还算健康。想起小时候，那是人生发苗时节，若有个三长两短，随时会夭折的。没夭折，靠命大，命是说不大清的。佛教说修行要靠自己潜心证悟，也要靠诸般善缘的护持，才能渐入觉悟之境。护持，说得好。我想说的是，我们小时候的成长，一部分是多亏了房前屋后的诸般善缘——那些散发着药香的草木，护持了我们。

我家老屋前是一大片菜园，为使下雨天屋檐水畅流，专辟了一条沟渠，从菜园蜿蜒穿过，有渠、有坎、有园，门前就有了田园的格局，沟渠两边，就长满了各种草木，全是野生的，不知何时定居于此，估计与先人们同时吧，更有可能，远在三皇五帝之时，它们就在这里生长多年，谁住在这里，它们就是谁家的芳邻。草木众多，现在还记得的，有薄荷、灯芯草、野水芹、柴胡、前胡、麦冬、车前草、野菊花、指甲花、扫帚苗、薏米，等等，还有五六株

椿树，七八棵榆树，三棵桃树，一棵柿子树，几棵冬青树，另外还有一株木槿花树，两株花椒树，在中医里它们也是药木。一到谁头痛脑热、胃里泛酸、身上起疖子，出身于中医世家、懂点医道的我妈，就几步走进我们的中药铺子——我们家的菜园里，采些对症的，薄荷啊，柴胡啊，麦冬啊，熬成药汤，喝几次，小毛病就好了。

对了，屋后也有芳邻，我家屋子有个后门，后门外是一片竹林，竹林外边是我家宅地边缘，绕村而过的溪水正好从竹林边淙淙经过，好像流水也喜欢这片竹林，就放慢流速，想多在竹影里待一会儿，还哼唱着什么，调子很低，像在试唱，或回忆歌词，但嗓子终未嘹亮起来，歌词还未记起来，已走出竹林。溪水可能觉得对不起这片竹林和这户人家，流水有情，且是深情，水走在哪里就要留下些什么的，鱼儿、泥沙、水草、倒影、或一段民谣，这些，水该给我们的都给了，但是，这段多情的流水觉得这还不够情义，就特意在溪畔、竹下，留下了几样药草，鱼腥草、菖蒲、葛根、金银花、麦冬、灯芯草，等等，有好几样，正好是房前菜园里没有的，这样房前屋后一互补，常见小毛病都有药可治、可防，我家真成了一个中药铺了。无论有病无病，每过一些时候，我妈就要熬上一锅药汤，让我们每人喝一大碗，我妈说，有病治病，无病防病，这药汤，有药性，也有营养，养人也护人，孩子们，喝吧。

春夏时节，我家周围的空气里弥漫着一阵阵药草的香味。记得那时日子很清苦，但也记得，那时夜晚睡觉几乎不做噩梦，总有某种神秘的气息潜入梦中，改变着梦的方向，梦一次次被黑暗绊倒，又爬起来，拐个弯，朝黎明时分草木盈盈的原野奔跑。

  当时，不觉得这些有什么特别，现在回想，明白了，我们其实是在草药的看护下度过了童年。那些本分厚道的草木，秉承着大地的深恩大德，环绕着我们的老屋，环绕着我们小小的岁月，用它们的苦口婆心，用它们绵长的呼吸，帮助和护持着我们。人的生命里肯定是有年轮的，我若能解剖和考察我的年轮，一定会看见细密纹路里珍藏的那些多情草木的身影，还会闻见封存完好、永世不绝的药香。

芦苇，激动人心的大美

绿树拥岸、蜿蜒流淌的河是很美的，要说河最美的地方，那肯定是芦苇荡。

欣赏河流并不需要多高的美学修养，河流有一种天生的打动人的美的力量，她闪烁的波光，她宛转的河岸，她或激越或温柔的流水的声音，她的周围和上空旋绕的鸟的身影，她的波光里明灭起落的星星的倒影、银河的倒影和云的倒影，从她身上弥漫而来的湿润清爽的空气……这一切，通过视觉、听觉、嗅觉和触觉全方位地感染你、渗透你、浸润你，河流很快就笼罩和充满了你，此时，你没有别的感觉，你只有一个感觉：河流真好，真爽，真美啊。

你不想再远离河流了，你就入迷地站在河风里，站在河的絮语里，你举目四望，河流太好看了，目光都不知该停放在哪个地方，因为每一个地方都是美景，都是亮点。

你该把目光投向哪里呢？你知道了"美不胜收"这个词的来历，要是古人不造这个词，面对河流，你也会在此时此刻造出这个

李汉荣
散文精选

词来的，不然，你会觉得对不起河流。

这时，你看见了河湾里那大片大片的芦苇荡。

那么浓郁热烈的绿，像旗帜招展在河流的身体上。微风吹来，苇浪就开始有节奏地起伏，那么绵软、优雅、节制，那么美好的动作。也许只有芦苇能做出这么美好的动作。风大起来了，苇浪起伏的弧度明显放大了，眼看要匍匐在地上，然而并没有完全匐下去，你也不愿意看见可爱的芦苇做出这么委屈的姿势。芦苇们互相依托着、呼应着，只把柔韧的腰弯到有几分悲壮的程度，就又挺起来，然后随了风继续那哀而不伤、匐而不倒的动人舞蹈。

是的，水在流动，风在跑动，岸在移动，在变动不居的河流里，在变动不居的岁月里，芦苇们不知听到了谁的暗示，不声不响地在低处做着准备，然后集结成浩荡的军队"呼啦啦"开出来，就在流动的河里，流动的时间里，流动的生活里，切割了这么一些安静的、绿色的岛屿，宣告美的征服和温柔的占领。让我们看到：许多东西在不停地变化、流逝，许多事物在无可挽回地快速远离我们。但是，仍然有一些东西没有变，仍然有一些可爱的事物停留了下来，并且远远近近地陪伴着我们，它们时时眺望着我们，也被我们时时眺望，比如：你正在凝视的那一片片芦苇，此时，它在接受你投去的目光，它那么安静、深邃，它似乎要把你清澈、深情的目光收藏起来，把你的美好年华收藏起来，若干年后，当你老眼昏花了，它再把它收藏的你青春的情怀，把它收藏的你早年的目光，都还给你，重新放进你的瞳仁。

到了秋天，苇花如弥漫的白雪，被覆盖的河滩成了起伏的雪

原，走近它，你能听见大地深长、细微的呼吸，你能感受到一种只有从风浪和霜寒中一路走来才会有的那种深沉、忧郁和依然保持着纯真情操的成熟之美和内在之美。在苇花的雪浪里行走，你会重新发现你内心深处原来有一片柔软地带，此时它正在落雪，正在不断展开灵魂的空阔和洁白。

许多个秋夜，我来到苇花飘曳的河滩，月亮小心地踮着脚轻轻从上空走过，生怕让这唯美、柔弱的梦受惊。月光落下来，一层层落在苇花上，天上的雪与地上的雪相遇了，尘世的梦与天国的梦会合了，我目睹并参与了两个梦的交接仪式和会合过程，并荣幸地成为那超现实梦境中的一个细节。我在大地的一隅邂逅了天堂。

不止一次，我在秋日里看见过这样的情景：一对对情侣在苇花的白雪里走着，置身于大自然纯美的诗的意境，即使再没有诗意的人，这时候看过去，也有了几分空灵和超凡气息。我想，也许他们都是很普通的人，以后也将过着庸常甚至琐碎的日子。然而，这一刻，大自然的诗意使他们凡俗的岁月有了深刻的记忆，雪白的苇花漫过他们初恋的时光，即使到老了，什么都忘记了，也许他们仍记得那雪白的苇花，以及那贴着苇花飞过的雪白的鹭鸟，还有头顶那雪白的云。这记忆的底色，将漂白时光里沉积的灰暗，在纷繁甚至浑浊的色彩里，他们一生都将坚持对洁白的崇拜。当他们在尘世间走出去很远，停下来回望，总能望见过去的白雪，那是多么纯真的雪啊。

河边野菊花

昨夜通宵大雨。在距离故乡不远的旅馆里，我睡不踏实，老是担心河里涨水。

倒不是担心别的，比如过河办事之类，河里涨水，过桥就行了，谁还担心河水阻隔？现在有的是桥。钢筋水泥一搅拌，两折腾，桥就架起来了。此岸彼岸是过去的说法，现在早没了彼岸，我们把所有的岸都合并了，我们都在此岸，在此滩，或此摊，或此店。

我担心的是河湾那片盛开的野菊花，它们过不了桥，桥与它们无关，即使连接天堂的桥，通往净土的桥，它们也不需要。它们出现的地方，就是它们的天堂和净土。它们哪也不去，相反，倒是我从老远赶来这里，看见它们，才知道它们的好，它们带给河湾的那份好，带给我的那份好。

昨天下午，我沿河散步，走到小时候捉迷藏、采野菜、看彩虹的那片河湾，当年的柳林、竹林、草地、芦苇荡不见了，到处是挖

沙淘金者留下的许多可疑陷阱，河滩显得荒瘠，景物稀疏寒碜，全不似当年。心里很是惆怅。人感到"山河不可复识"的时候，就会觉得构成生命的一部分珍贵记忆也变得模糊和不存在了，有一种被掏空的感觉。

就在伤怀之际，我的前面忽然一亮，一片金色绸缎在起伏闪光。我以为是金黄色的塑料袋或闪光的建筑废弃物，这样的现代光芒既不能慰藉眼睛，更是要加剧心里的荒凉的。但是我没有贸然掉头而去，因为此时，我想救济一下我的眼睛，抚慰一下我的心灵，我想找到一点我想要的东西招待一下自己。毕竟是故乡嘛，故乡总会保存一些好东西的吧。

于是，我走向那一溜窄长沙洲，那一片金色光芒。

果然，是一片野菊花正在盛开，和风暖阳里，它们举着金质小酒杯，碰杯欢饮，好像在庆贺自己的生日和大家的生日，我甚至听见了它们的酒令和祝酒词：呵呵，干杯，干杯，不是都见到了吗？不容易见一面，终于见到了，眼睛一睁，就看见我们自己，我们每一朵全都是自己的自己，又都是大家的自己。来，干杯吧，我们是此刻的自己，也是以前的自己，一千年或三千年前的自己。干杯吧，碰一下、碰三下吧，干杯——它们正说着，碰着杯，一阵稍大的河风吹过来，它们全都把身子、把手中的杯子碰在一起了，呼呼的风声里，杯子响成一片，它们笑成一片。沙洲上，涌动着金色漩涡。

只见旁边的河水里，晃漾着一片迷狂的金色碎光；河湾里的风，正均匀地传递糅合着热烈与羞涩的古老清香。

我被故乡保存的这不多的一点古典的盛景陶醉了。

一片逼仄沙洲上盛开的野菊花，点燃了我童年的记忆。

在逼仄的沙洲，在危险的河道，在商业应用文和现代粗暴语法里，它们像一首纯诗，向不知诗为何物的现代荒滩，固执地出示古典的意境，它们摇响的天真铜铃，召唤着饱受伤害而显得闷闷不乐的河流的灵性。

我分享了它们天真的快乐，接受了它们的祝酒，我俯下身来，将我难免有些粗俗和饥渴的嘴唇，递给其中的一个酒杯，我饮了一口，我看见，有几只蜜蜂也在酣饮。

接着，我静静地坐下来，坐在它们面前——坐在这首不期而遇的古诗面前。

它们，不知道它们置身于何等的险境。不断扩大的荒滩，逼仄的、随时可以倾覆的沙洲。一首纯诗，出自危险的地理环境和粗暴的语境。

在一小片临时逗留之地，它们经营着永恒的梦乡。

怀着对它们的怜爱和担心，我离开了它们，从一首诗，我返回到生存的应用文和商业的街道。

当晚，雨下得很大，我失眠了。

一定涨水了，据天气预报说，上游的雨更大，上游的水流下来，河，可能已经暴涨了。

那么，河湾里那片野菊花呢？

天亮了，我听见河水咆哮的声音远远传来，很猛，很剧烈，声音里似乎夹着水波和水雾，耳朵里好像也汹涌着一条暴涨的河。

我终究没有去河边。有两次，我已朝着河湾走了一阵，但我都将自己强行拽回，转过身，立定，向野菊花的方向，默默鞠了一躬。

我不愿去看。那河湾肯定已被洪水淹没，那逼仄的沙洲已经倾覆，被激流卷走。

昨天，我邂逅的那生日盛宴，那首古诗……

我这样安慰我自己：毕竟，那首诗出现了，并且，我看见了那首诗。

在乏味的商业应用文和粗暴的语法之外，在现代的荒滩，我毕竟看见了一首诗……

葫芦蔓的浪漫之旅

它从我父亲的手温里和脚印里,从父亲顺口说的一句农谚里,启程了。

不需要搜索枯肠,腹稿是早已打好的。按照四月风的暗示,它要把春天的思路一直延伸到夏天和夏天以后。

它边走边想,必须把一些心事放在高一点的地方。

倒不是自己有多么重要。地上有那么多苗苗草草、枝枝叶叶,藤藤蔓蔓,自己呢,小小的自己一点儿也不重要。可是,很重要的人也会有没心事的时候,很不重要的人也会有很重要的心事的时候。是的,自己并不重要,是心事重要。

何况它的心里,装的并不都是自己的事。是春天的事,夏天的事,秋天的事。

说重一点,是千年万载的事。

这样想着,它就沿一排篱笆慢慢走。走着走着,遇到篱笆上玩耍的一串牵牛藤叶,挽留它停下来歇歇,说:能否今晚互换杯盏,

尝尝对方烹调的甘露。这个当然可以。它停下来，与牵牛藤叶互相握了手，碰了杯，彼此饮了对方斟来的甘露，好味道，谢谢。它没有留宿，继续赶路。走了大约有从陶渊明到孟浩然那么远的路了，它扭身回头一看，牵牛叶儿还在向它招手呢。

它念叨着：一定要把一些心事放在高一点的地方。

篱笆那边，在杜甫与邻翁曾经对饮的地方，一些还没有长高、还没有力气握起扫帚的扫帚苗，亲热地伏在它臂弯，劝它停下，住下来，一起好好玩儿，等秋天来了，一起热热闹闹打扫秋天。呵呵，我还得赶路，若是蜷在这里玩下去，秋天空荡荡，拿着扫帚打扫什么呢？兄弟，你们待这里挺不错，就陪着院子里的蚂蚁啊，地牯牛啊，鸡啊，猫啊，狗啊，小孩子啊，好好玩儿。我前面还有事，得走了。

它念叨着，一定要把一些心事放在高一点的地方。

走着，走着，它快挨着院场里我妈的晾衣绳了，麻绳，灰白色的；棕绳，深棕色的。并排绷了四五根，绷着的全是妈的心事，晾晒的全是思念，晾晒着被子、打补丁的衣服、孩子的尿布。它闻到了人世的味道。真好闻。尿布隐约的气息，它却闻得真切。它深吸了两口，它兴奋了，一用劲，触须挨着绳子了，它赶紧缠绕了几圈，拧紧螺丝，在绳子上绾一个结，站稳，然后，继续走，走，走。它看见绷晾衣绳的那棵槐树附近的墙上，是一扇木格花窗。

它念叨着，一定要把一些心事放在高一点的地方。

走了大约有几千首唐诗那么远的路，那天中午，又出来晾衣服的我妈看到了，菜园里挖葱的我爹看到了，屋檐下燕窝里的燕子夫妻看到了，房前屋后溜达的黑猫看到了，放学回来的我看到了，木格花窗里梳头的妹妹，推开窗一眼就看到了：两个葫芦，一左一右，已经挂好了。刚好，在窗子外面，在梦的附近，与前半夜的那轮白月亮，并排挂在窗口上。

它终于把一些心事放在了高一点的地方。

人们问了几千年：葫芦里装的是什么药？其实，葫芦里没装别的，葫芦里装的还是葫芦。是上一千年的葫芦和下一千年的葫芦。葫芦无心，无心恰恰有心，是初心、诗心、本心、赤子心。千年万载的心事，都装在里面。从远古，从农历的深处，一根藤儿弯弯绕绕地走啊走啊，把线装的历史走了个遍，经过了千年万代父亲们的篱笆、牵牛花、扫帚苗、母亲的晾衣绳、妹妹的窗口，经过了无数民谣、农谚和平平仄仄的诗篇，终于，葫芦怀揣的千年万载的心事，有了着落，它终于把那重要心事挂了上去：与前半夜的那轮白月亮，并排挂在我家窗口。

它终于把一些心事放在了高一点的地方……

车前草

"停下来,别走那么快。"她羞怯地伸出小手,拦在接踵而来的车轮前,轻声劝说着。

她纯真的手势,固执地比画着,而鲁莽的车轮,被更鲁莽的历史驱赶着,它顾不得留意路上的细节,它不在乎也不理解,那手势比画着怎样的深情,怎样的苦情。

它们呼啦啦碾过去了。冰凉的车轮"磕腾"了一下,又"磕腾"了一下,它们在连续的"磕腾"声中头也不回地驶远了。

时光冷漠的轮子,碾碎了多少温柔的心。

她受伤的小手,流着碧绿的血液,夕阳久久地在天边低垂,久久不肯落下去,历史的原野上,闪烁着苍凉的暮色。

漠然的车轮,一次次被染上淡紫的血色,春天的血液,一直流到夏天和秋天。

直到深冬,大地僵冻,老练的物种们纷纷归隐或沉沉冬眠,知趣的花草们也随北风遁去,而在生活和历史必经的路上,车前草,依然身着夏天的衣衫，缄默地守在路边道旁，等待着路过的各种车轮，要对它们说点什么。

天真的小手，仍然像春天和夏天那样举着，打着固执的手势。

她们举起的手，有时就密集地攥在一起，纠结着挡在车轮前。

"停下来，别走那么快。"。她一遍遍重复着这句箴言，尽管所有年代的流行词典都拒绝收入这句箴言。

她一遍遍重复的话语，和固执得近于纠缠的温柔羁绊，终于使一些车轮，犹豫着思忖着，不得不慢了下来。

战车慢了下来，死亡和不幸慢了下来，箭矢和刀斧的锋芒，因了那泪水的浸染，而显得稍稍迟疑和暗淡；拦截战争和阻止死亡的，竟是如此柔弱的一群。这堪称英勇的羁绊，使历史打了一个个趔趄被迫减速，于是战车慢了下来，甚至停了下来，死神的一部分日程被取消，线装的史书里，终于出现了安宁的段落和平静的炊烟。

刑车慢了下来，暴戾慢了下来，历史暗夜里的雷霆慢了下来，死亡慢了下来。嵇康终于还有那么一小段时间，得以复习一遍心爱的《广陵散》，让金石之声在失传之前，再发一次金石之声。金圣叹也还来得及，在落日未落之前的一小会儿，在心爱的唐诗里，再站立一小会儿，让杜甫的落日，再照耀他一小会儿。

婚车慢了下来，生活慢了下来，青春走失的速度慢了下来。那么多母亲和祖母的手，簇拥在路上，簇拥在时光的车轮前，新婚的步履总是踟蹰不前，女儿们伤感的眼泪，打湿了故园的芳草，当她们一步三回头，看见村头的小河，也一步三回头，绕来绕去走不出

祖母的臂弯。拦不住，一代代青春终于都远嫁异乡，而一步三回头，却成了一代代女子们远行的仪式和走路的习惯。

官车慢了下来，杜牧慢了下来，刘禹锡慢了下来，柳宗元慢了下来，苏东坡慢了下来，辛弃疾慢了下来，他们索性从公文里一步跳下来，离开官道，转过身，背对王朝，沿着露水盈盈的阡陌，朝鸡鸣狗叫的村庄和田野走去。走在草香和药香弥漫的阡陌，他们发现了广袤的民间，那是多么沉寂又是多么深沉、多么热闹的民间。于是，更多的诗、更多的风情被发现了，古国的诗卷里，终于有了一抹来自草野的葱翠和清香。

"停下来，别走那么快。"她伸出嫩绿的小手，打着固执的手势，劝说着所有年代的车轮，她要挽留时光那一闪而过的鲁莽背影。

今天下午，我骑着老式自行车，绕开高速公路和高速铁路的纠缠，逃出钢铁的围困和噪音的轰击，我背对时代，与现代发生了激烈的争吵和摩擦。然后，我好不容易摆脱了手机的跟踪和电子的追捕，终于，在时代的远郊，我失踪于深山更深处的幽谷里。

我看见她了，一丛丛、一簇簇，安静地守在石头旁，守在野径上，守在林子里，守在还没有被植物学归类的野草旁，守在还没有被营销学算计的山泉边，守在还没有被成功学绑架的白云边，守在还没有被厚黑学觊觎的清风里。她还守在纯真的古代。

她嫩绿、羞涩的小手，还保持着公元前的手势，她的手里，还小心捧着《诗经》里的露水。

"停下来，别走那么快。"我听见她，一字一句对我说着，我的

023

李汉荣
散文精选

自行车也听见了,那沾满了泥土的车轮,斜斜地靠在一棵野枣树上,它谦恭地倾听着鸟儿的古语和草木的叮咛,它想就停在这里不走了;被我汗湿的手攥得疲惫的车把手,终于放松了下来,轻轻地触摸着那草叶,辨认那葱绿的手语。我太熟悉这车把手的心思了,它一定很想融化在这山色鸟声里,变成一块安静的远古矿石。

我停下来,我坐在厚厚青苔上,抬起头来,我从《诗经》的第一缕草色开始读起,一直读到幽谷的深处和时光的远处,一直读到越来越深蓝的无边苍穹,啊,此刻,流逝的时光全部返回,并迅速返青,于是,凋零的诗复活了,我极目望过去,望过去,我看见,满目都是诗,都是青青的思念……

即使到老了,什么都忘记了,

也许他们仍记得那雪白的苇花,

以及那贴着苇花飞过的雪白的鹭鸟,

还有头顶那雪白的云。

稻草垛童话

天黑了，大人们回到屋子，回到他们小小的生活，把夜晚和大地，完整地交给孩子们。从古到今，孩子们，都是夜晚和大地的真正主人。

天黑了，这就是说，孩子们的天亮了，孩子们开始工作了。到村子外面生产队的稻草垛里捉迷藏，就是我们的重要工作之一。

孩子们奔来跑去，你喊我叫，乡村的秋夜，到处是披着满身月光奔跑呼喊的孩子。

那夜，月亮也在天上玩捉迷藏，在云里时出时进，时隐时现。一排排稻草垛就显得时明时暗，碉堡一样，充满了敌情，却不易捕捉。我捉住了小明，喜娃则捉住了我；现在轮到云娃来捉我们了。我大汗淋漓，藏进大槐树下的那个罩在阴影里的稻草垛中，希望被捉住，又生怕被捉住，心，突突跳，怕着，等着，却听不见"敌人"的动静，索性就躺下来，柔软芳香的稻草里，竟是如此适宜睡眠，很快，我睡着了。

李汉荣
散文精选

一觉醒来，记起了"捕捉"的事情。遂轻手轻脚钻出稻草，整个"碉堡群"里竟鸦雀无声，只见萤火虫打着灯笼火把举办焰火晚会。咦，云娃、喜娃、明娃、犟娃哪去了，捕捉我的英雄好汉们哪去了？

我在"碉堡群"里挨个搜寻，终于全部活捉了他们：和我一样，他们在稻草垛里钻出钻进，几个来回，准备被人捉的，准备捉人的，却全被稻草的芳香和柔软给迷住了捉住了，最后，都在故乡的温暖怀抱里睡着了。我不费吹灰之力，一举活捉了他们：云娃、喜娃、明娃、犟娃。

当然，我捉住的，还有月光、稻草的芳香以及他们的惊叫和笑声。

押着一群快活的俘虏，我们回家。

银杏手里的账单

秋风来结账了。

我家院子里,刚满三岁的小小银杏树,也知道秋风就要来结账了。

不等秋风上门,他就亮开了自己一年的积蓄,他仔细清点一页页账目,然后,高高地,每一片叶子都高高捧起,请秋风过目。

匆忙的秋风要为整个天下结账,路过这里,也就匆匆浏览一下,至多顺手抽查一两页账目,瞅瞅正面的数字和账目背面叶纹上的详细记载,见情况属实,说声知道了,就走了,哗啦啦又去别处翻阅和抽查天下的流水账。

三岁的银杏是我亲手栽在我们家小院子里的,是我看着长大的,也是我五岁的女儿看着长大的,她叫他银杏弟弟。

银杏弟弟的手掌里捧着什么账目呢?

账目一笔笔都记得很清楚,植物的账目都是老老实实的明细账,没有一笔假账。

李汉荣
散文精选

银杏弟弟的账目有如下记载：

毛毛虫儿在春天到处找零食吃，在这页啃了几口，觉得味道有点涩，它就不啃了，走了。这页账上就有了个小漏洞。

两个甲壳虫，一上一下，将坦克费劲地开到树丫上，要从这里出发，驶向天空，驶向苍穹——那片无边的大绿叶子。它们开到了银杏树高处，发现自己驾驶技术不行，天空还很远，怎么也开不上去了，又沮丧地开回地面。它们的履带就把几页账本碾皱了。

一群蚂蚁举行爬树比赛，一二三四，女儿还为它们喊加油，它们爬上了银杏弟弟的肩膀，与地心引力保持相反的方向，它们坚持要爬上地球的最高海拔，最后它们都爬到了银杏弟弟的头顶，爬上了最高的那片叶子，它们用汗津津的嘴舔舔云彩，尝尝天空，发现天空原来很平淡，没什么味道。它们聚在最高的那片叶子上议论着，比较天空和土地的不同味道。这里成了它们的天文台了，好多研究天空的蚂蚁，一整天就把这片叶子压得晃来晃去晃来晃去，叶子眩晕了，有点脑震荡吧，发育不是太好，有点瘦。所以这页账目就小了，有亏空，装订得也不整齐。

邻居家的母鸡领着它的几个孩子，叽叽喳喳来这儿春游、野餐，亲近自然，寻找古时候的可口食物——那是在春天的一个下午，女儿一字一句背诵"离离原上草""草色遥看近却无"，母鸡听见了唐朝的句子，就急忙带着孩子，从水泥那边一趟子就跑到我家这个泥土的小小院子里，来到这一小片唐朝，草色轻浅，却没找到唐朝的虫子，母鸡觉得对不起自己的孩子，就东张西望，非要找到点好吃的，让孩子尝尝古代的味道。母鸡忽然看见，银杏手上停

着一只蛾儿，它踮起脚，仰起头，叼那蛾儿，那蛾儿灵性，噗一下飞了，离开了唐朝。母鸡很沮丧，觉得在唐朝也不容易找到可口的。其实它错了，是我们家这泥土的小院太小太小了，这一点点袖珍的唐朝，打不过转身，能养几只可口的虫虫呢？母鸡叽叽喳喳地批评了一阵，怪我们怎么不弄个很大很泥土的大院子，弄个很大很宽的唐朝。其实它不能怪我们，我家有这个小小土院子，有这几根草，有这棵小银杏树，已经很奢侈了，在水泥浇铸的城市里，你能找到几粒泥土？能找到几个这种泥土院子？我还没来得及向母鸡解释和道歉，它已领着小鸡回到水泥那边去了。母鸡叼了一口的那片叶子上，就有了一个豁口，账目就扣除了一点。

一天正午，太阳正晒的时候，一只蝴蝶困乏了，沿路寻找午休的睡榻，路过我家院子，就在银杏弟弟右肩上的那片叶子上睡了个午觉。它醒来，继续赶路，太阳已经偏西了，附近高楼的影子盖住了银杏树。蝴蝶午休睡过的那片叶子，就少晒了一次太阳，叶子稍稍淡一些。这页账目就不是很丰满，欠一点零头。

一只过路的小鸟儿在靠南的第六根细枝丫上打了几个秋千，那根枝丫就稍稍倾斜，像银杏弟弟发愣怔时的一次小小的走神，但页面上账目齐全，还略有盈余。

女儿有一次看几只虫儿排着队，从一片叶子跳到另一片叶子的惊险场面，她看入迷了，口水都流出来，滴在那片叶子上，口水里有盐，银杏弟弟没见过大海，海水却溅在他害羞娇嫩的脸上，咸啊，他叹了一声，叶子就起了点斑，留下了对海的记忆。这页账目还算全，稍显费解。

其他的，就没必要再做详细说明了。

结账的秋风看到了，你们也都看到了：除了以上有趣的瑕疵，银杏的账单上，笔笔都是纯金，页页都是纯银。

女儿说，银杏树好可爱啊，好真诚呀，银杏真是一个好弟弟。

而我呢，我在银杏树上看见了什么？

我不想再说什么了，我不好意思说。

这是怎样纯真唯美的植物呀，他保存着我们人类丢失了的全部美德：纯粹、真诚、仁慈、惜福、磊落、慷慨。他只有三岁，却呈现了上苍向我们暗示的一个完美生命应该具备的几乎所有高贵品行。我都五十多了，我一直在岁月的激流里被冲刷着，丢失着，丢失了许多珍贵的东西，却淤积和储存了许多不好的东西。我所丢失的那些珍贵的品质，却被一个刚刚三岁的银杏树小心地捡拾起来，收藏在他的记忆里，收藏在他的账面上。我用五十多年的时光抛掷心灵的纯金，积攒生命的负值。而三岁的银杏树，向宇宙积攒的和出示的，全是心灵的纯金和情感的纯银！

我不应该啰啰唆唆用散文来说他了。对如此充满神性和诗性的可爱植物，我应该礼赞他，我应该向他献诗。何况他是我女儿的好弟弟。我要向他，向我女儿的好弟弟，向童心崇拜的完美童心——他呈现了一棵树一生都不会改变的童心，他同时呈现的是植物的童心和宇宙的童心，我要向他献诗——

　　静静地亮出自己的积蓄
　　让我们这些拜金主义者

突然感到自己的惊人贫穷

我看见时光诚实的手掌
一直在纷乱的风里剔除杂质
我虚度的年华都被它提炼成黄金

静夜。月亮赶来清点这里究竟落下多少月光
却发现这里的月光
比月亮上的月光还要纯粹

我站在树下，贴紧明亮的树身
尽量缩小我的阴影
我发现，我投下的阴影

是这个夜晚最黑的阴影

凝视一朵野花

在这荒远的山野，在这呈 45 度倾斜的斜坡，一朵花，静静地开了。

我发现你时，你正在绽开。像一位幽居的诗人，向唯一的读者，慢慢打开珍藏的手稿。

我看见的，竟是如此精美的情思。

如果我不看见你，我怎么能想象，一棵朴素的草身上，存放着这么动人的灵魂。

可惜你不会说话。如果你能向我说出你内心的秘密，我就不必在毫无美感的大学里研究什么美学，你已经向我透露了最古老的美学原理。

虹的构造、美德的构造、爱的构造，心的构造，都能在你这里找到原型。

甚至一个星系的构造，都遵循了你单纯而深奥的美学。

那么天真，诚恳，思无邪，你是一首完美的纯诗。

一缕淡淡的香漫进我的身体。

可惜我不能与你交换相似的体香。此时，我忽然觉得自己十分污秽。

令我略觉欣慰的是，在你的纯真面前，我发现了我的浑浊，并为此深感惭愧。

这说明我正在把一朵花的灵魂，移植进我的体内，以改变灵与肉的比例，改变美学与社会学的比例，改变神圣与庸俗的比例，从而使我的品质稍稍高出尘世，不辜负造物的苦心和构思。

就这样，一朵不知名的野花，正在从内部修改我。使我能以比较优秀，至少不太丑陋的生命历程，展开和完成自己。

我就这样静静地、目不转睛地凝视着这朵野花，然后，我转过身来，离你而去。

我不愿看见你凋零的时刻。

我将永远记住你向我微笑的神情。

那一刻，整个宇宙也变成了一朵绽开的花，那无限展开的，都是精美的情思，神的情思。

别了，一万年后，也许你还会在这里开放，那时，是否会有一个人，凝视你的时候，想起：曾经有一个古人，那真挚的凝视？

我确信我的目光，那被你点燃也被你净化的目光，最终也被你收藏于内心，并多多少少感染了你。

遥想，一万年后的某个早晨，你又一次悄悄绽开了，你绽开的时候，顺便透露了我的一部分眼神。

李汉荣

散文精选

一万年后,遇见并凝视这朵野花的那个人,你知道吗?在一朵花上,有我寄存的目光,此刻,我和你的目光,相遇了……

枣树的秘密

多年前，在我很小的时候，看见我外爷的坟上长着很多树，有柏树、松树、冬青树等等，还长着一棵枣树。

枣树比别的树长得慢，但比我长得快，不久就结枣子了。

我们这里的枣子比北方的枣子要小一些，但味道更甜。大人说不论啥果子，个头小的，味儿才浓，他们不说"小的是营养和精华浓缩的精品"之类的洋话，他们说，老天爷给谁的元气和福气都是有定数的，谁把架势撑得过大，谁里面就会空，架势小的、谦逊的，才与老天爷给你的本钱相般配，才实在。

我吃着又红又甜的枣子，回想外爷活着时候的样子。记忆模糊，我只能像在小学课堂上做填空作业那样，一点一点填写出外爷的模样。

记得外爷是个老中医，高个子，圆脸，瘦，眉毛淡，好像铅笔随便在那画了几下，让人担心一出汗就会洗掉，当然那是不会的；眼睛总是笑眯眯的，但很少见过他眉开眼笑；嘴抿着，像自己与自己在低声商量什么，说出声来，总是温和的，缓慢的；耳朵大，厚，脸却清瘦，就觉得耳朵有点过分了，耳朵对不起脸，耳朵把本该长在脸上的肉拿了过去。可能外爷的脸太忠厚，耳朵太聪明，耳朵就做了对不起脸的事，就让外爷的脸瘦了。那时，我喜欢并同情外爷的脸，对外爷的耳朵有点意见，觉得外爷的脸那么瘦，耳朵要负责任。

外爷走路的样子一点也记不起了，他多大的脚，穿什么鞋，都没印象。记得他的手，软，轻，暖和，他摸过我的脸，记得那是下雪的冬天，他摸了一会儿我的脸，热乎乎的，我希望他一直摸下去，这等于烤火哩，可是，他把手收走了，他要给病人治病、抓药。哦，记起了，外爷身上总有一股好闻的中药的气味，与他药房的味道是一样的。只要是在外爷身边，就等于进了中药房。

后来知道中医是要望、闻、问、切的，就觉得外爷身体的样子就是为望闻问切准备的。才觉得我以前冤枉了外爷的大耳朵，外爷要不停地问世间的病，问病人的苦，问救苦的药，耳朵就要不停地听，仔细地听，听着听着，那太多太多的声音，就把耳朵拉长了，养大了。

中医的望闻问切，很重要的是那个闻，闻味识病，闻息知病，这要靠鼻子。鼻子，怎么忘了鼻子呢？这就记起外爷的鼻子，他的鼻子尖上，时常是红的，外婆背过他就叫"你糟鼻子爷爷"，我一直听成"枣鼻子爷爷"，是啊，那红鼻子并不糟，倒像一颗小红枣。记得那时的病人多数都瘦弱，外爷说那是虚寒症，药方里总少不了枣子，说枣不仅好吃，也是一味补药，有扶正温补、益气养血之

效。我心里想，难怪外爷长了个枣鼻子，原来那是一种补药，长在他的脸上。

外婆活着时，我们年年秋天都去外婆家，在那个叫"阳山"的山湾，在外爷坟上的小树林里，在枣树下，跟着大人摘枣子，吃枣子，摘着，吃着，我就想起外爷那红红的枣鼻子。

我忍不住悄悄研究起枣子和外爷的关系，研究枣子和已经藏进土里的那个我想念的枣鼻子的关系。我想它们是有关系的，但我不敢说出口，虽然我还小，但我知道有些话是不能说出口的，何况我和大人们都在吃着枣子。

我看见树木的根须，包括枣树的根须，都隐隐约约缠绕在坟的周围，看得出来，那根都扎得很深，它们在努力寻找什么，像是要寻找已经走远了的东西，像是寻找一个失踪的人，像是寻找一种越走越远越走越深的声音。而那棵枣树，它固执地伸出那么繁密的手指，生怕把好不容易找回来捧在手里的珍贵东西，又被风或闪电抓走了，就长出一些刺来拦截风和闪电；它的根就一直往土里走，它相信很多好东西都深藏在土地深处和时光深处，它一定要把它们找回来，然后，再把找回来的好东西高高地出示在枝头，让人们、让生灵们来认领。

是的，就是这样，我在外爷坟头，看见了一棵枣树的秘密，看见了年年如期归来的我那么思念的枣鼻子，看见了人世间永不失效的一种补药。

辑二 万物多欢喜

月亮悄悄地升起来,月光把野地镀成银色。星星们把各种几何图案拼写在天上,地上有几处小水洼,临摹着天上的图案,也不注意收藏,风吹来,就揉碎了。

野　地

野地并不很野，就在城的郊外。

在随便什么时辰，对城市做一次小小的逃亡，到野地去呼吸，去想些什么或什么也不想，就一心一意感受那野地，是我的一门功课。

野地有很多树。柳树、松树、槐树，还有叫不出名字的灌木。不是成材林，也非防风林，结出的果子也不能食用，是一片无用的杂木林。它安于它的无用，保全了自己，也保全了这一片野地，在我眼里，它是这般地有了大用。它不仅供给我清新的空气，也免费让我欣赏鸟儿们的音乐会，且是专场，聆听、鼓掌都是我一人。黄鹂的中音，云雀的高音，麻雀的低音，布谷鸟抑扬有度的诗朗诵……报幕的是斑鸠吧，清清朗朗的几句，全场顿时寂静；接着出场的是鹦鹉，不像是学舌，是野地里自学成才的歌手；路过的燕子也丢下几句清唱，全场哗然；喜鹊拖着长裙出面了，它像是不大谦虚也不留情面的音乐评论家："叽叽喳喳"——它是说"演出很差"？于是众鸟们议论纷纷，议论一阵就暂归于寂静，奖金是没有的，午餐补助从古至今就没领过。它们四散开去，各自找自己的午餐。

　　林子的外面长满了草，招引来三五头牛或七八只羊。牛有黑有黄，羊一律是白的。羊口细，总是走在前面选那嫩的草，那么认真地咀嚼着，像小学生第一次完成作业。我抚摸一只小羊的犄角，它做出抵我的样子，眼睛里却是异常的天真温良，它是在和我开玩笑，那抵过来的角，握在手里热乎乎的，它一动不动地让我握着，我们彼此交换着体温和爱怜。我顺手递给它一株三叶草，又握了握它的角，说了一声"好孩子"，却再也说不出下面的话，因为我忽然想起了我穿过的那件羊皮袄。我觉得我对不起这些可爱又可怜的羊，它们是多么纯真的孩子啊。正想着，那头大黑牛走过来，它埋头吃草，就像我埋头写诗，都是物我两忘的境界。一个小土坎它却爬得很吃力，我这才发现它是怀孕的母亲，脖颈上有明显的瘀血，怀孕期间它仍在负重拉犁？我走过去，急忙牵起缰绳拉它一把，它上来了，感激地望着我，我看见了它眼角的泪痕，我向它点点头，示意它快些吃草，祝福它身体健康，分娩顺利，一路平安。我的心里多少有点苦涩，贴近哪一种生命，都觉得它们很美丽，也很苦涩。我终止了我的联想。我看见，远处那黑牛，仍不时地抬起头望我……

　　野地的边缘有一小块瓜菜地。包菜一层一层包着自己内心的秘密，像一位诗人耐心地保存着自己最初的手稿。芹菜仍如古代那么质朴，青青布衣，是平民的样子，也是平民的好菜。红萝卜，通红

的小手仍在霜地里找啊找啊，在黑的泥土里它总能找到那么鲜红的颜色。南瓜不动声色地圆满着自己，据说南瓜在夜晚长得最快，特别是在月夜，那么它一定是照着月亮的样子设计着自己，它把月光里的好情绪都酿成内心里的糖。西瓜像枕头，却无人来枕它做梦，我就睡在这枕头上，果然睡着了，梦见我也变成了一个西瓜，在大街上乱滚，差点碰上了钢铁和刀子，于是我又返回到野地，我掐一掐自己，想尝尝，却感到了痛，于是我醒来，看见西瓜仍然自己枕着自己酣睡。

这时，我隐隐听见了水声，野地的前方是一条河，我看见它微微露出的脊背，白花花的脊背，它摸着黑赶路。是子夜了，月亮悄悄地升起来，月光把野地镀成银色。星星们把各种几何图案拼写在天上，地上有几处小水洼，临摹着天上的图案，也不注意收藏，风吹来，就揉碎了。恰好有几片云小跑着去找月亮，月亮也小跑着躲那些云，云比月亮跑得快，月亮终于被遮住了。

星光照看着野地，有些暗，但很静，偶尔传出几声蝈蝈叫，我能听出它们的雌雄……

林中溪水

一条大河有确切的源头，一条小溪是找不到源头的，你看见某块石头下面在渗水，你以为这就是溪的源头，而在近处和稍远处，有许多石头下面、树丛下面也在渗水，你就找那最先渗水的地方，认它就是源头，可是那最先渗水的地方只是潜流乍现，不知道在距它多远的地方，又有哪块石头下面或哪丛野薄荷附近，也眨动着亮晶晶的眸子。于是，你不再寻找溪的源头了。你认定每一颗露珠都是源头，如果你此刻莫名其妙流下几滴忧伤或喜悦的泪水，那你的眼睛、你的心，也是源头之一了。尤其是在一场雨后，天刚放晴，每一片草叶，每一片树叶，每一朵花上，都滴着雨水，这晶莹、细密的源头，谁能数得清呢？

溪水是很会走路的，哪里直走，哪里转弯，哪里急行，哪里迂回，哪里挂一道小瀑，哪里漾一个小潭，乍看潦草随意，细察都有章法。我曾试着为一条小溪改道，不仅破坏了美感，而且要么流得太快，水上气不接下气似在逃命，要么滞塞不畅，好像对前路失了

信心。只好让它复走原路，果然又听见纯真喜悦的足音。

别小看这小溪，它比我更有智慧，它遵循的是自然的智慧，是大智慧。它走的路就是它该走的路，它不会错走一步路；它说的话就是它该说的话，它不会多说一句话。你见过小溪吗？你见过令你讨厌的小溪吗？比起我，小溪可能不识字，也没有文化，也没学过美学，在字之外、文化之外、美学之外，溪水流淌着多么清澈的情感和思想，创造了多么生动的美感啊。我很可能有令人讨厌的丑陋，但溪水总是美好的，令人喜爱的，从古至今，所有的溪水都是如此可爱，它令我们想起生命中最美好纯真的那些品性。

林中的溪水有着特别丰富的经历。我跟着溪水蜿蜒徐行，穿花绕树，跳涧越石，我才发现，做一条单纯的溪流是多么幸福啊。你看，老树掉一片叶子，算是对它的叮咛；那枝野百合投来妩媚的笑影，又是怎样的邂逅呢？野水仙果然得水成仙，守着水就再不远离一步了；盘古时代的那些岩石，老迈愚顽得不知道让路，就横卧在那里，温顺的溪水就嬉笑着绕道而行，在顽石附近漾一个潭，正好，鱼儿就有了合适的家，到夜晚，一小段天河也向这里流泻、汇聚，潭水就变得深不可测；兔子一个箭步跨过去，溪水就抢拍了那惊慌的尾巴；一只小鸟赶来喝水，好几只小鸟赶来喝水，溪水正担心会被它们喝完，担心自己被它们的小嘴衔到天上去，不远处，一股泉水从草丛里笑着走过来，溪水就笑着接受了它们的笑……

我羡慕着溪水，如果人活着，能停止一会儿，暂不做人，而去做一会儿别的，然后再返回来继续做人，在这"停止做人的一会儿里"，我选择做什么呢？就让我做一会儿溪水吧，让我从林子里流过，绕花穿树，跳涧越石，内心清澈成一面镜子，经历相遇的一切，心仪而不占有，欣赏然后交出，我从一切中走过，一切都从我获得记忆。你们只看见我的清亮，而不知道我清亮里的无限丰富……

瀑

赞美瀑布的诗文太多太多了。打开唐诗宋词，便有瀑布之声从时间深处传来，打湿我干涸的思念。

真该感谢瀑布：它滋润了诗人的情怀，洗涤了画家的心胸，浇灌了一代代赤子们的创造激情！

每一次我来到瀑布面前，或远远地看见瀑布的身影，我总是激动不已，欲狂欲歌！

它来了，它从命运的高处来了！它兴冲冲地来了！如儿童追逐一只彩蝶，如少年捕捉一个幻影，如青年赶赴一次约会；它来了，它跑着笑着唱着舞着，它越跑越快，越笑越开心，越唱越激动，越舞越狂热！

它来不及选择，便从高高的悬崖跌入深深的峡谷！

我没有听见它的叹息，更没有听见它的哭声，我听见的是海潮，海潮，海潮，依旧是海潮。

我听见纯真的笑，迷狂的笑，灿烂的笑。

我听见十万群山一片笑的和声。

瀑布碎了，水复活了，水沸腾了，雪浪，雪浪，雪浪……

瀑布来了，又来了，它每一刻都在壮丽地死去，每一刻都在庄严地新生。不停降临的瀑布，分娩着层出不穷的雪浪。

不间断地受难，不间断地死去，不间断地涅槃；不间断地体验着生与死的大喜悦！

高潮陷落在深渊，深渊里涌动滔滔不息的高潮！

瀑布的一生，是高潮迭起的一生！

柔弱的水，女性的水，阴郁的水，在悬崖上，在忘情奔流的途中，写着大智大勇大起大落的传记！

我有水的气魄吗？如果我追寻的真理隐藏在寂寞阴冷的深谷，我敢拒绝头顶云霞的诱惑，毅然从悬崖上跳下，去殉我的道吗？

我有水的意志吗？不舍昼夜，不拒涓细，心系一处，情注一方，以坚韧得近乎愚蠢的耐心，以百年千载为一个工时，把顽石打磨成细细的沙粒！

我有水的纯洁吗？不管地壳裂变，阴阳错乱，候鸟变换着格言，云雾修改着脸谱，水的女儿，不改冰清玉洁的品性，升天入地，依旧是晶莹明洁的赤子心。纵使在绝望的命运里跌碎了，也是明亮的碎片，干净的颗粒。

我有水的忠诚吗？天真地活着，坚贞地爱着。不羡慕南面的金山，东面的银山，西面的铜山，爱上了这北山，就千年万载厮守着它的清寒、孤独和庄严。当金山垮了，银山倒了，铜山裂了，它依旧唱着对北山的初恋。北山寒冷而高峻，北山的峰顶有古老的积

雪，那是爱的源头，高洁的爱总是在人迹罕至的地方发源……

瀑布，以经典的方式，把水的品质大写在天地之间。

读瀑，我读到了我的浑浊、平庸和贫弱。我的生命早已熄灭了激情，仅有的只是死水和微澜。

在瀑布的大生大死面前，我知道我只是个苟活者；在瀑布的大激情面前，我顿悟我往日的那些自以为很壮烈的情感，只不过是池塘里泛起的泡沫；在瀑布的大手笔面前，我发现我写的那些文字，包括"大师"们制造的那些所谓"经典"，多半是燥热、昏蒙的诳语，耐不住寂寞的蛙们的妄言。

终生被囚禁在悬崖上，终生是自由的歌者。时时刻刻在死去，时时刻刻在诞生。我想做一次瀑布，从高高的悬崖，向深深的命运，纵身一跃……

山中访友

走出门，就与含着露水和栀子花气息的好风撞个满怀。早晨，好清爽！心里的感觉好清爽！

不骑车，不邀游伴，也不带什么礼物，就带着满怀的好心情，哼几段小曲，踏一条幽径，独自去访问我的朋友。

那座古桥，是我要拜访的第一个老朋友。德高望重的老桥，你在这涧水上站了几百年了？你累吗？你把多少人马渡过彼岸，你把滚滚流水送向远方，你弓着腰，俯身吻着水中的人影鱼影月影。波光明灭，泡沫聚散，岁月是一去不返的逝川，唯有你坚持着，你那从不改变的姿态，让我看到了一种古老而坚韧的灵魂。

走进这片树林，每一株树都是我的知己，向我打着青翠的手势。有许多鸟唤我的名字，有许多露珠与我交换眼神。我靠在一棵树上，静静地，以树的眼睛看周围的树，我发现每一株树都在看我。我闭上眼睛，我真的变成了一株树，脚长出根须，深深扎进泥土和岩层，呼吸地层深处的元气，我的头发长成树冠，我的手变成

树枝，我的思想变成树汁，在年轮里旋转、流淌，最后长出树籽，被鸟儿衔向远山远水。

你好，山泉姐姐！你捧一面明镜照我，是要照出我的浑浊吗？你好，溪流妹妹！你吟着一首小诗，是邀我与你唱和吗？你好，白云大嫂！月亮的好女儿，天空的好护士，你洁白的身影，让憔悴的天空返老还童，露出湛蓝的笑容。你好，瀑布大哥！雄浑的男高音，纯粹的歌唱家，不拉赞助，不收门票，天生的金嗓子，从古唱到今。你好呀，悬崖爷爷！高高的额头，刻着玄奥的智慧，深深的峡谷漾着清澈的禅心，抬头望你，我就想起了历代的隐士和高僧，你也是一位无言的禅者，云雾携来一卷卷天书，可是出自你的手笔？喂，云雀弟弟，叽叽喳喳说些什么？我知道你们是些纯洁少年，从来不说是非，你们津津乐道的，都是飞行中看到的好风景。

捧起一块石头，轻轻敲击，我听见远古火山爆发的声浪，我听见时间的隆隆回声。拾一片落叶，细数精致的纹理，那都是命运神秘的手相，在它走向泥土的途中，我加入了这短暂而别有深意的仪式。采一朵小花，插上我的头发，此刻就我一人，花不会笑我，鸟不会羞我，在无人的山谷，我头戴鲜花，眼含柔情，悄悄地做了一会儿美神。

忽然下起阵雨，像有一千个侠客在天上吼叫，又像有一千个喝醉了酒的诗人在云头朗诵，又感动人又有些吓人。赶快跑到一棵老柏树下，慈祥的老柏树立即撑起了大伞。满世界都是雨，唯我站立的地方没有雨，却成了看雨的好地方，谁能说这不是天地给我的恩泽？俯身凝神，才发现许多蚂蚁也在树下避雨，用手捧起几只蚂蚁，好不动情。蚂蚁，我的小弟弟，茫茫天地间，我们有缘分，也做了一回患难兄弟。

雨停了。太阳像刚出浴的美人，眉目间传递出来的尽是温柔的神情。一弯虹桥也落成了，两座大山正好做了它的桥墩。修一座天堂是这么简单，只需要一阵雨的工夫，真想踏上那虹桥，一步走向天国。又一想。我上了虹桥去看什么呢？还不是看虹桥下的好山好水好意境？那么，我就站在这虹桥下，岂不既看了天国又看了地国？我，一个凡人，岂不阅尽了天上人间的风光？于是决计不登那虹桥。那虹桥好像知道了我的心事，一会儿工夫，就悄悄不见了。

幽谷里传出几声犬吠，云岭上掠过一群归鸟。我也该回家了。于是，轻轻地招手，惜别了山中的众朋友，不带走一片云彩，只带回满怀的好心情好记忆，顺便还带回一路月色……

顶针：一生的戒指

它不是装饰，虽然很像装饰。

远远地看，在灯光和日光里，妈妈的某根手指闪着光斑，妈妈戴着戒指。

那是顶针，缝衣、补衣、绣花、做鞋的时候，也就是做"针线活"的时候，妈妈就戴上它，戴在那根最辛苦最忠厚的手指上，一般是右手的中指。

最大的活是为一家人做过冬的棉鞋，鞋底很厚，民间叫作"千层底"，因为晴雨都要穿，鞋底薄了不保暖还会渗水。多半寸厚的鞋底，都由碎布层层叠起，每层都用糨糊粘连，然后用密密的针线穿凿。鞋底上纵横排列着数百上千个针眼。鞋底做好了，再缝上鞋帮，然后又用棒槌捶打使之定型，放在阳光下晾晒，一双冬鞋才算完工。

你能想象，在这些制造温暖的工程里，妈妈的手承受着多大的压力，甚至可能的伤痛。针领着线，线随着针，在手的导引里，穿过"千层"的雾,"千层"的夜色(因为妈妈常在夜深人静的时候,专注地做"针线活"),然后到达鞋底的另一面,到达生活的另一面。针和线在紧张的穿越后,每每是颤抖着到达另一面的,这是它们的驿站,稍息之后,它们又将深入生活的底部,重走另一面,然后再返回来。

在这个驿站里,迎送它们的,是母亲的手指,是那刚毅的顶针。

顶针,是的,是顶——针。针有时也不愿见缝插针了,生活中,飘逸的绸富丽的缎极为罕见,更多是褴褛的片段需要补缀,坚硬的细节需要穿凿。就这样,同样是金属做的,顶针,你必须去顶那根针,顶它,支援它,让它不要中途退下来,用力,再用力,到鞋底的那一面,到布的那一面,到衣服的那一面,到生活的那一面,去看看,再回来,认认真真缝补日子。

是的,针线活、针线活,针、线、布料,在妈妈的手里,都是那样敬业、镇定、专注地工作着。鞋的式样,衣服的式样,生活的式样,就渐渐成形了。

顶针上密集的针孔,是金属的伤口,它以提前预备的伤,承受更多的伤;它以先天的痛,承受后来的痛。

这沉默安详的金属,因藏纳着如此密集的痛点,如此密集的目光和心情,它应该是世上最珍贵的器物。

所以,妈妈即使不做针线活的时候,也戴着那枚顶针。

它是伴随妈妈一生的戒指。

它是浓缩的星河,绕着妈妈的手指旋转,它是我们的银河系……

榆木书桌

看得出来，它上面还有斑斑点点残漆。数百年前，我的先人曾仔细为它上漆、打蜡。一方柔和的亮光，使这户耕读人家，能随时拂去劳作的倦意，伏案捕捉内心的光线；那幽幽木香，让平淡的日常生活，缭绕着别样的气息。

后来，漆渐渐磨损、脱落，固执的时光之蝉，挣脱蝉衣，鸣叫着向远处飞去，在逐渐黯淡下来的记忆的房间，它笃定地站着，依旧保持着儒雅的姿势。它平淡的容颜，呈现着素朴的木质，也折射着我先人本色的品行。

我的祖父曾伏在它的上面，我的祖父的祖父也曾伏在它的上面，我的先人们一直伏在它的上面，读易读史，诵经诵诗，画春画秋，记人记事，写情写义。当时，画眉在田野点染春泥，燕子在梁上朗诵农谚，线装的孔孟偶尔出现残页，于是在桌上被仔细装订，鸟儿们远远近近地插嘴，也在旁注着古奥的文字。于是那湿润的呢喃，也被装订在书页里了，古意夹着新意，经声和着鸟声，书香叠

李汉荣
散文精选

着稻香，耕读的日子就有了日上三竿的欢喜。

有时，疾病和悲苦随秋雨袭来；有时，离散和夭折，兵戈和马蹄，冷不防打断严谨的农历，桌上摊开的祖传方子，就及时做些加减，不大的桌面，望闻问切着广袤民间的病苦，疾病有的减轻了，有的治愈了，而有些暗疾，则像腐殖土一样沉淀下来，催生了只可意会不可言传的秘方和偏方，那是特有的民间智慧。谁能从桌上细密的纹理，取出几百年前疾病的叹息和药草的气息？

此时，我在桌面靠右的一角，看见了一个小小的虫孔，那是一只什么虫儿打凿的工程？蚂蚁？木蜂？钻木虫？装死虫？很可能是装死虫吧？我愿意它就是一只装死虫。那时，榆树还生长在明朝的原野，几个贪玩的孩子轮番爬上榆树，其中有一个就是我的祖先，他爬上来了，他坐在高处，眺望村庄的春天，眺望远山的青黛，顺便打量炊烟的去向和人生的去向。就在这时，离他不远的一只虫儿也坐在树的肩膀眺望和打量，眺望葱茏的宇宙，打量榆树的味道。虫儿发现了他，一阵战栗抽搐之后，它立即假装死过去了。就这样，虫儿躲开了一个顽童，也躲开了可能的伤害，我们可以理解是虫儿礼让了他，礼让高大的"神灵"占据更多的树木和更多的宇宙。但他没有看见这谦卑礼貌的虫儿，他只看见树身上一条静止的暗黑色疤痕。虫儿的机智死亡，使数百年前的那个下午变得异常安静和仁慈，附近庙里的钟声连着响了六下，报告慈航普度，众生平安。

而当我的祖先和他的小伙伴们呼喊着溜下榆树，装死的虫儿立即复活了，继续它的神圣工程，它连续七天七夜凿啊钻啊，它吃住

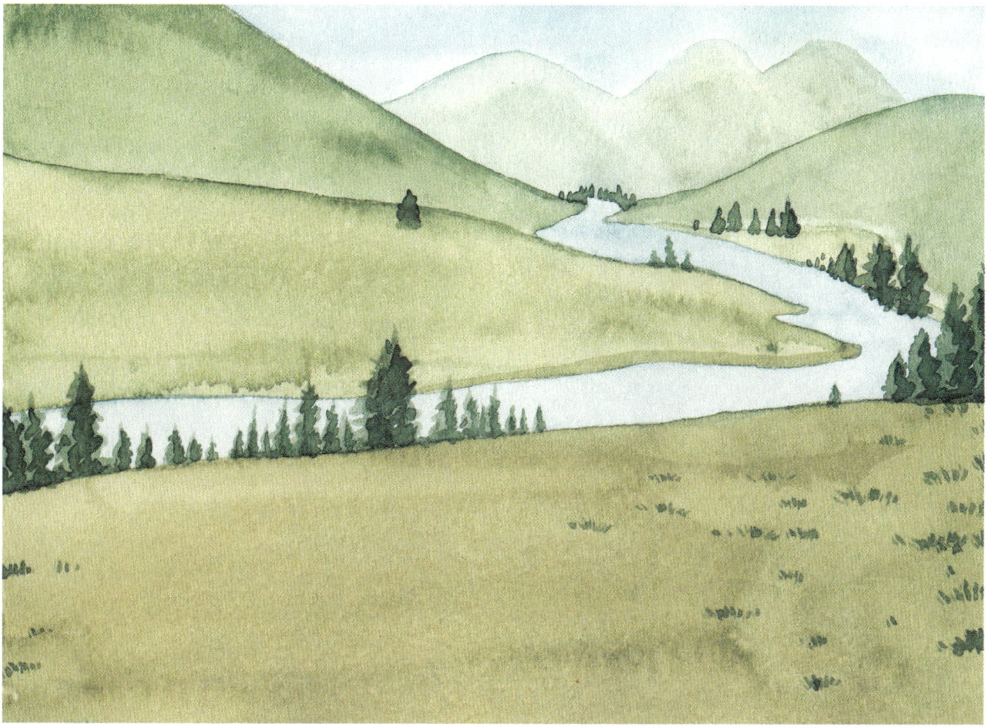

你们只看见我的清亮,

而不知道我清亮里的无限丰富。

都在这庄严的工地,它一定要为自己短暂辛苦的一生,打凿一条连接永恒的通道,它一定要用隐秘的艺术手法,记载自己的梦境和心迹。

它以天真的智慧和精细的工艺,终于开凿了一个曲曲折折的时空隧道,把数百年前它的那次冒险经历,把它与孩子们相遇的故事,把原野的阳光,鸟声、草木香气和附近庙里的经声与钟声,庄稼地里男人们对唱秧歌的粗犷声音,铁匠铺里叮叮当当锻打农具的声音,老牛寻找牛崽的哞哞声,鸡鸣狗叫的声音,集市传来的叫卖的声音,村口母亲们高一声低一声喊孩子回家吃饭的声音,以及缭绕在树上的我的祖先衣服和身体的气息,他们用力爬树时划在树上的手指印痕,他们坐在树杈上"哇啦啦"对着远方呼叫的声音——细心的虫儿把这一切都收藏在它开凿的时空隧道里——

此时此刻,我悚然一惊,我终于知道,我伏在这古老书桌上,我其实一直守在这个洞口,一直在眺望深不可测的时光……

伞铺街

人在天日晴爽的时候，常常是记不起伞的。

所以，先人才留下了叮咛：饱带干粮，晴带雨伞。

这句朴素的老话，被一辈辈人重复着。

"闺女，出门别忘带把伞。"

"娘，我记住了。"

"我儿，伞在门后挂着，记住走时带上。"

"爹，我会带上的。"

就这样，叮嘱带伞的爹娘走远了，记着带伞的儿女也走远了，一代代的人都打着伞走远了。

只有上苍把下不完的雨藏在江里海里，存在云里雾里，准备在每一个人的路上，随时泼下来。

所以，当我每一次走过伞铺街，我的眼睛似乎突然有了重瞳，有了多重视力。我从临街的门里看到了更多的门，从院子里看到了更深的院子，从人群里看见了更多的人群，从已没有伞的门面上看

见了很多的伞，很多年代的伞，很多样式的伞。我看见木伞、荷叶伞、棕皮伞、布伞、油布伞、尼龙伞；我看见了唐朝制伞的人、宋朝卖伞的人、清朝修伞的人、民国打伞的人。我还看见不知哪个朝代的粗心后生，可能是唐朝吧，那是个气魄宏大、情思奔放的年代，这后生有点大大咧咧，出门忘了带伞，走到半路下雨了，他衣衫都湿了，路途遥远，雨还在下，没有停下来的意思，于是，他在雨地里跑着，差点撞着了一个挑着一筐韭菜叫卖的老汉，他慌忙道歉，他终于找到了伞铺街，他走进了卖伞的铺子，当他谢过店家，打着伞上路，那雨点儿打在伞上，就有点平平仄仄的韵味了。一首唐诗，而且是一首意境温润、对仗工稳的律诗，就在伞下问世了。我还看见，那是民国，新式的"洋伞"刚刚流行，伞铺街也突然洋气起来了，那对年轻人紧挨着走在一把伞下，男的举着伞，女的手里还拿着一本书，在雨点儿的掩护下，他们说着生活的烦恼和打算，倾诉着细微的情感。时大时小的雨落在伞上，时而砰砰飒飒，时而滴滴答答，有时，哗啦啦，一下子就把伞上的积雨洒下来，好像把青春的苦闷都洒下来了——这变化着的雨声，恰到好处地掩护了他们一路的交谈和小小的秘密，他们就在那雨声里渐渐走远，走远。

就这样，走在伞铺街上，我总是遇见世世代代在雨里打着伞走过去的人。我总是听见伞下的低语、细碎的脚步和小小的秘密，那遥远的过去年代的雨，斜斜地飘过来，一次次把我的心悄悄打湿。而更多的伞刚刚举过来，又匆匆走过去，就随着一个朝代走进了历史的深夜。

李汉荣
散文精选

我真想，让时光回流一小会儿，我要走进那个穿着一袭青衫的古代书生的伞下，与他交流对雨的看法和对时间的理解，然后，一起去赶考，去漫游，去登高望远，在高高的山顶，在雨后的白云上，写一卷新诗。

可是，当我把心里的羽毛收拢，安静地站在如今已没有伞铺的伞铺街上，安静地看着来来往往的人群，安静地听着起起伏伏的市声，我听见的不是高亢的浩歌，我听见的是世世代代说了千百年的那些朴素的老话，从时光的门后，从历史的院落，从深深的天井，清晰地、恳切地、潮润地传过来：

"闺女，出门别忘带把伞。"

"娘，我记住了。"

"我儿，伞在门后挂着，记住走时带上。"

"爹，我会带上的。"

牛的写意

牛的眼睛总是湿润的。牛终生都在流泪。

天空中飘不完的云彩,没有一片能擦去牛的忧伤。

牛的眼睛是诚实的眼睛,在生命界,牛的眼睛是最没有恶意的。

牛的眼睛也是美丽的眼睛。我见过的牛,无论雌雄老少,都有着好看的双眼皮,长着善眨动的睫毛,以及天真黑亮的眸子。我常常想,世上有丑男丑女,但没有丑牛,牛的灵气都集中在它的大而黑的眼睛上。牛,其实是很妩媚的。

牛有角,但那已不大像是厮杀的武器,更像是一件对称的艺术品。有时候,公牛为了争夺情人,也会进行一场爱的争斗,如果正值黄昏,草场上牛角铿锵,发出金属的声响,母牛羞涩地站在远处,目睹这因它而起的战争,神情有些惶恐和歉疚。当夕阳"咣当"一声从牛角上坠落,爱终于有了着落,遍野的夕光摇曳起婚礼的烛光。那失意的公牛舔着爱情的创伤,消失在夜的深处。这时候，我们恍若置身于远古的一个美丽残酷的传说中。

牛在任何地方都会留下蹄印。这是它用全身的重量烙下的印章。牛的蹄印大气、浑厚而深刻，相比之下，帝王的印章就显得小气、炫耀而造作，充满了人的狂妄和狡诈。牛不在意自己身后留下了什么，绝不回头看自己蹄印的深浅，走过去就走过去了，它相信它的每一步都是实实在在走过去的。雨过天晴，牛的蹄窝里的积水，像一片小小的湖，会摄下天空和白云的倒影，有时还会摄下人的倒影。那些留在密林里和旷野上的蹄印，将会被落叶和野花掩护起来，成为蛐蛐们的乐池和蚂蚁们的住宅。而有些蹄印，比如牛因为迷路踩在幽谷苔藓上的蹄印，就永远留在那里了，成为大自然永不披露的秘密。

牛的食谱很简单：除了草，牛没有别的口粮。牛一直吃着草，从远古吃到今天早晨，从海边攀缘到群山之巅。天下何处无草，天下何处无牛。一想到这里我就禁不住激动：地上的所有草都被牛咀嚼过，我随意摘取一片草叶，都能嗅到千万年前牛的气息，听见那认真咀嚼的声音，从远方传来。

牛是少数不制造秽物的动物之一。牛粪是干净的，不仅不臭，似乎还有着淡淡的草的清香，难怪一位外国诗人曾写道："在被遗忘的山路上，去年的牛粪已变成黄金。"记得小时候，在寒冷的冬天的早晨，我曾将双脚踩进牛粪里取暖。我想，如果圣人的手接近牛粪，圣人的手会变得更圣洁；如果国王的手捧起牛粪，国王的手会变得更干净。

在城市，除了人世间浑浊的气息和用以遮掩浑浊而制造的各种

化学气息之外，我们已很少嗅到真正的大自然的气息，包括牛粪的气息。有时候我想，城市的诗人如果经常嗅一嗅牛粪的气息，他会写出更接近自然、生命和土地的诗；如果一首诗里散发出脂粉气，这首诗已接近非诗，如果一篇散文里散发出牛粪的气息，这篇散文已包含了诗。

为蚂蚁让路

我扛着行李远行,在路的转弯处,有一个水滩,蚂蚁们正在排队饮水。

我若只赶赶路,无视它们的存在,双脚踩下去,也许,一个王国就土崩瓦解了。

兴许是天意,就在这个瞬间,我的眼睛向下,看见了它们。

与我保持相反的方向,它们排着整齐的队伍,在它们的宇宙里,在史前的洪水刚刚退潮的间隙,它们,这朝圣的队伍,膜拜着新发现的生命源头。

我的双脚犹豫了一会儿,接着停下来,我礼貌地,而且怀着尊敬,我站在它们面前,与它们保持着大约五厘米的距离。

仅仅隔着五厘米,我因而不是它们的死神,我因而成了它们的欣赏者和祝福者,在永恒的长路上,我因此改写了时间残暴的属性,我成为宇宙中最温柔的一瞬,最无害的一个细节。

仅仅隔着五厘米,一个我暂时不能与之对话的种族,得以保全

它们的母语，不因我的闯入，而中断它们的神话和信仰。

仅仅隔着五厘米，一个我根本无权也没有能力治理的王国，得以保持完整的国土、江山、伦理和政治制度，而且继续繁荣兴旺。

仅仅隔着五厘米，它们那孤独的女王，避免了亡国的厄运，它的黑皮肤的臣民仍然忠实于它，在庞大的王国上奔走、劳碌、寻觅，维护着这古老的共和。

想一想，这么多表情一致，服饰一致，信仰一致，技艺一致的黑色的、颗粒状的生命，也在这它们根本不理解的庞大宇宙里，为了一个简单的信仰，围绕一个孤寂的中心，忠心耿耿，风尘仆仆地远征着、辛苦着、历险着，想一想，这该是怎样惊心动魄的奇迹？

我礼貌地为它们让路，怀着敬意，我注视着它们在水滩边——在它们的大陆上新出现的大海边，排队饮水、洗脸，互相礼让并互致注目礼，然后带着湿润的心情，一边感恩，一边返回它们祖国的内陆。我目睹了整整一个王国的国家行为：在新生的大海边取水，并重订契约，确认对国家和女王的忠诚。

我真想请求它们中的某一位，为我领路，带我访问它们的国家，去拜见它们那德高望重、才貌双全，又难免有些孤独的女王。

然而我根本不具备这种能力和资格，这是一件比到遥远的外星会见另一种智慧更困难的事情。

我能做的，仅仅是礼貌地停下，为它们让路。

对一只蝴蝶的关怀

初夏的一个上午，我去河边散步，看见河湾旁边一个小男孩和一个小女孩正在忙着什么，神情紧张专注，不时地小声商量着，好像正面对一件严重的事情。我轻轻走近他们，才看见他们正在营救那水面上盘旋挣扎的一只花蝴蝶。那蝴蝶也许翅膀受伤了，跌入水中又因翅膀过于沉重而无法飞行。小男孩将一枝柳条伸向水面，但柳条太短，小女孩又折了一枝柳条，解下自己的红头绳，将两根柳条接起来，终于够着那只蝴蝶了。然而它仍然不配合，不知道赶快爬上这小小"生命线"。小女孩急忙摘下头上的蝴蝶形发卡，系在柳条的一端，让小男孩投向水面的蝴蝶附近，示意它：这是你的同伴来搭救你了，你不认识我们，你总该认识你的同伴吧。果然，那弱小的蝴蝶扇动几下翅膀，缓缓地挨近这一只"蝴蝶"，缓缓地爬上这只"蝴蝶"结实的翅膀，小男孩慢慢地将柳条移向岸边，蝴蝶终于上岸了，两个孩子快乐得又说又笑。

我以为事情到此结束了，然而，两个孩子又商量着这只蝴蝶今

后的生活，牵挂着它的命运。他们小心地把蝴蝶放在阳光下的草地上正开放着的一丛野蔷薇花上，让它一边晒太阳，一边汲取花蜜。但是，他们仍觉得这种安排不到家，他们担心贪嘴的鸟啄食了这需要安静疗养的可怜蝴蝶，就采了几片树叶搭起一个简易的绿色"避难所"，将蝴蝶护在里面。他们相信，待它安静休息一些时候，伤口愈合，体力恢复，它就能旋舞在春天的原野。

今天上午我本来是不准备出门的，想待在家里读书或写作。不知道什么原因我还是出门了。多亏我走出了门，在书之外，我读到了春天最纯洁、最生动的情节。在我小小的文字、生硬的键盘之外，孩子们和那只蝴蝶、那片水湾，组合成真正满含温情和诗意的意象。在我的思路之外，孩子们的思路才真正通向春天深处，通向心灵深处。

在回家的路上，我想了许多。首先我觉得我的善心比孩子们少得多，或许我更关心的是自己的生存、利益、脸面、尊严，而对其他生命和生灵的生存处境及他（它）们所受到的伤害，并不是太关心，即使关心，也不是感同身受和倾力相助，即使关心了，也并非完全不求回报。总之，我觉得，仅就善良、纯洁这些人性中最美好的东西而言，我们不是与日俱增，而是与日俱减。人随着年龄的增长、阅历的加深，人性中的"水土流失"也会逐渐加剧，而流失的，恰恰是善良、纯洁这些人性的好水土，内心的河流渐渐变得混浊，泥沙俱下。细想来，这是多么可惜的事情。人性的好水土流失了，纯真情怀少了，实用理性多了，率真少了，算计多了，在这一多一少的增减过程里，人们的情感和心灵，就渐渐出现轻度或重度的"荒漠化"了。由这样荒漠化的人组成的人群和社会，岂不是大沙漠？那时不时呼啸着扑面而来、飞沙走石、遮天蔽日的，莫不是人性和人心的沙尘暴？

那两个可爱的孩子，他们是这个早晨的天使。他们对一只蝴蝶的同情、对事物的爱，是真正出自善良的天性和纯洁的内心。除了爱，他们没有别的动机，爱在爱中满足了。不求回报的爱，才是大爱、真爱。不求回报的爱，也许才会获得事物本身乃至整个大自然更丰厚的回报。试想，孩子们在拯救一只受伤生灵的过程中，内心里洋溢着怎样纯洁的愿望和爱的激情？这种内心体验，本身就丰富了孩子们的情感世界，化作他们宝贵的精神资源和美好记忆。在培植美好事物的时候，内心的愉快是任何东西都无法带来的愉快，你给世界带去了一点希望，同时你的生命也被这点希望之光照亮。那只蝴蝶当然不会飞到这两个孩子家的花园里向他们点赞致意，但或许，整个原野和春天，都会从孩子们的善良行为中受益，若干年后，甚至几百年几千年后，如果有某种险些灭绝而终于没有灭绝的花卉，它在一次神奇的转机中获得了再生，成为某个城市的市花，或成为某个国家的国花，也许这美丽的花的命运就与一只蝴蝶有关，与这只蝴蝶的一次及时传花授粉有关，与两个孩子有关，与若干年前，那个五月的早晨有关……

燕子筑窝

春天里,我家来了一对燕子,妈妈说,它们是夫妻,要在我家过日子,养孩子。

堂屋里的屋梁上,已有两个燕窝,住着两对燕子,它们是去年就住下的老夫妻了,一到春天,它们又从南方返回来了。我当时不太懂南方是什么意思,为什么非要跑那么远去南方。爹爹说,南方暖和,北方冷,燕子冬天去南方过冬,到春天又返回我们这里。

爹爹说,来我们家的燕子,无论新的老的,都是我们的亲戚,我们要爱惜。

新来的这对燕子,发现堂屋里已有燕子居住,就在门外的屋檐下筑窝。

它们一趟趟从田野里衔来湿泥,泥里还带着一些枯叶和碎草。爹爹说,泥里带些草,才容易黏合,修的房子才凝固得结实。娃娃你看,燕子没上过学没念过书,都这么聪明,你们学生娃可要好好学习哦。

它们的工程进行得很不容易，因为没有施工图，常常要返工。有时，好像是地基铺得太宽，不符合紧凑、安全和保暖原理，它们就收紧了地基的尺寸重新施工，原来的地基就作废了；有时，好像房屋的弧度过大，不方便出入，不利于通风，也不符合建筑美学，它们就倒悬着或斜倚着身子，伏在建筑工地上，一口口地啄啊掰啊抹啊，就像我们伏在课桌上一笔一画修改作业。

连续好多天，燕子夫妻白天抓紧施工，晚上却不见了，它们晚上住哪里呢？

其实，堂屋的屋梁上，或我家的任何一间屋子，我们都是乐意接待它们过夜的。但是，燕子好像有自己的心事和处世的伦理，它们不愿打扰另外两对年长的燕子，也不愿改变主人家的生活秩序。它们好像遵守着世代相传的道德禁忌：不能因为它们的到来，给春天添麻烦，给主人添麻烦。相反，它们要努力做到，因为它们的到来，春天欢喜，主人也欢喜。

那么，它们晚上住哪里呢？春天的夜里，天气还是很冷的。

那天黄昏，天下着小雨，它们衔完最后一趟泥，向我们亲热地打了几声招呼，又飞走了。

我追着它们的身影，飞快地跑出去，跑向原野，我终于看见它们了。它们并肩依偎着歇在电线上，在夜晚的寒风中，有时就在雨水里，紧挨着羽毛相互取暖。

吹拂着庄稼的夜风，旷野繁密的露珠和满天的星星，都见证了它们那清贫的生活、高贵的美德和坚贞的爱情。

我急忙回到家里，在门前菜地里挖了些湿泥，准备搭起梯子，

帮助燕子筑巢，让它们尽早住进新居。

爹爹说：你娃真傻呀，燕子做的活你娃能做吗？鲁班能修宫殿，也修不了一个燕窝的。喜鹊窝只有喜鹊会修，蜂窝只有蜂儿会修，燕窝只有燕子会修。人家燕子筑窝，心里是揣着一张祖传的图纸的。你心里有那张图纸吗？

爹的话我信。爹会一些简单的木工，他知道心里有一张图纸是多么重要。

我觉得对不起燕子，在它们艰辛的时光，在这个泥泞的春天里，竟不能为它们帮一点忙，为春天帮一点忙。

亲眼看着一趟趟衔泥忙碌的燕子，看着燕窝一点点渐渐成型，我心里满含着敬佩、同情和惭愧，也满含着对这小小生灵的情感、智慧、技艺的猜想和崇拜。

它们的心里揣着怎样天长地久的心事？

它们那儒雅的燕尾服后面，揣着怎样的图纸？

动物的眼睛

我遇见动物总是先观察它们的眼睛,这好像并不是受了教科书的影响。当然书上说得也有些道理,比如"眼睛是心灵的窗口",这个比喻好像只限于人的眼睛,透过这"窗口"就能看见"屋子"里摆放的那颗"心灵"。照一般的理解,动物是没有心灵的,它们的眼睛自然也就不是"心灵"的"窗口"。那么,动物的眼睛是什么呢?

有人说动物的眼睛仅仅只是眼睛。

那人又说:当然,你也可以把动物的眼睛比作窗口,不过,从这窗口你什么也看不见,"窗口"里面是一间黑屋子。

黑屋子里摆放的是什么呢?那人说:是胃。

我不信那人的说法。我相信我的观察。我所看见的动物眼睛,有的很妩媚,有的很谦卑,有的很伤感,有的很忧郁,有的很愤怒,当然有的也有些凶狠,有的呢,还有着难以说清的迷茫、厌倦和悲苦,给我印象特别深的,是有些动物的眼睛里流露着一种令人

同情的痛苦和祈求的眼神。

　　见得最多的是牛的眼睛。小牛的眼睛是透明的，猜想它眼中的世界是一片碧绿的草场，所以它眼神里洋溢出的光亮总那么纯真和自信，它相信生活给它准备的都是蓝天、溪水、绿草坪，它不知道什么叫负重，什么是鞭子，它更不知道这个世界还有屠宰场，还有牛肉罐头，还有牛皮鞋……除了知道母爱和好吃的东西，再也不知道还有别的什么，这就叫童年。我想，我们的童年不也和牛的童年一样无知吗？无知给了我们幸福、幻想、青草遍地的感觉。后来见识了鞭子、牛轭、重量、泥泞，见识了荒凉的悬崖和干涸的河床，见识了疾病、疲惫、伤口，这时候，牛已是成年或者老年了，眼睛里的透明和喜悦渐渐消失，忧郁的眼神，浑浊的泪水，我们看见的牛总是刚刚哭过的样子。

　　马的眼睛都有好看的双眼皮，雄马英俊，母马健美，马不需要做美容手术，个个都是美丽又透着英气的好马。马的鬃毛飘洒下来，正好作了眼睛的"窗帘"。"帘子"后面的眼睛时隐时现，透出几分朦胧和神秘。它们的眼睛很专注，总是望着前方，好像前方有急切的召唤，有温暖的家。马很少瞻前顾后或左顾右盼，除吃草或睡觉的时候，它们都在凝视远方。如果人走在路上也这样不瞻前顾后左顾右盼，人的一生要走多远的路？可惜，大量的岁月都在瞻前顾后左顾右盼中虚度过去了。望着这些有着美丽眼睛的马，有着大家风姿、英雄基因的马，我有时候真为它们抱屈：驰骋疆场的英雄岁月远去了，就这样做一头家畜？和驴一样拉杂货混一口饲料吃？就这样在规定的路线上周而复始地走来走去，直到颓然倒下？

李汉荣
散文精选

我看它们的眼睛里好像对此没有多大怨尤，平静得有些麻木，我一想，它们是退化了，英雄的后裔终于变成平庸的家畜。但我又为它们的麻木庆幸，要是它们总惦记着那些驰骋的往事，眼前这负重的、雷同的、碌碌无为的日子该怎么忍受？但我再一看它们那英俊的眼睛，就由不得想：这本该是英雄的眼睛呀。

笃诚，这是驴的眼睛给我的印象。笃诚的眼睛总是感动人的，至少是让人信任的。许多文人诗人对驴都有好感，我想，除了它的脾气好，大约还因为它那不存恶意的诚实的眼睛。数千年来，驴就是普通劳动者的好帮手，老百姓总爱说"驴儿"，这是昵称，亲切的称呼里包含着对它的感激。"细雨骑驴入剑门"，陆游骑驴走在细雨蒙蒙的宋朝，那头可爱的驴丰富了诗的意境。今天的诗人如果谁说"细雨骑摩托入剑门""细雨骑飞机入剑门""细雨骑火车入剑门"，是没有半点诗意的。驴再卑微，也是生命。飞机再豪华，也不是生命，只是用金属制作的运输工具。更重要的是，再高级的工具都没有眼睛。而我们知道，驴有一双笃诚的眼睛，所以陆游骑着它，就把宋朝的一段山路走成了不朽的诗。

羊的眼睛单纯极了，那真正是孩子的眼睛。我多次站在或蹲在羊面前，看它的眼睛，那是一片晴空和月色，那是没有被污染的大自然的眼睛。野心家、阴谋家、奸臣、恶棍、市侩、骗子，在这样的眼睛面前应该感到自己是多么脏、多么邪恶，多么不地道，不仅失去了人之为人的本真，而且连动物也具有的纯朴的自然属性都丧失了，说他不是人，是在骂他；说他是动物，简直是抬举了他——动物所具有的诚实、质朴、单纯，他有吗？我最爱看羊低头吃草的

样子，它咀嚼得那么认真，仿佛不是在为自己，而是为着一个更遥远的目的，它最喜欢有露水的青草，它带着欣赏的神情品味着大自然的礼物。我忽然明白了，一个以露水、青草为食物的生命，它的性情里肯定也带着露水的纯洁和青草的芳香。我想，这大约是羊天性良善的原因，这大约也是羊总被狼吃的原因。食草动物常常要输给食肉动物。我不禁为羊忧虑起来：羊的悲剧就这样演下去？但是，羊对此浑然不觉，羊的那双孩子般的眼睛，仍在寻找露水和鲜美的植物。

人们总是骂势利眼为"狗眼"。可见狗天生一双势利眼，如那些势利小人。但是还有另一句评语为狗平了反："狗不嫌家贫。"比起忠实的狗，势利的奴才们是远远不如的，奴才们总是根据风吹草动不断变换自己效忠的主人。我观察过狗的眼神，倒不像有些人说的那样势利或下贱，相反，狗的眼神里有机智、有褒贬，也有自尊。有一次我长久地凝视朋友家里那只白狗的眼睛，开始，它也望着我，似乎在与我交流，四目相对，过了些时候，那狗仿佛觉得这样互相呆望着太没趣，有失尊严，便不好意思地将眼睛移往别的方向，过一会儿，又偷偷瞥我一眼，看见我仍在望它，便转身走了，好像在说："这不知趣的人的眼睛。"我望着狗远去的背影，忽然想到：人失去了尊严，真不如这有尊严的狗。

"眼睛是心灵的窗口"，这是人自己表扬自己的眼睛，动物自然是不配的。但我在许多时候，在动物的眼睛里看见了纯洁、正直、尊严等动人的东西，我想象，那眼睛后面肯定也有情感和心灵，只是我们不能或不愿去认识和发现罢了。相反，我倒是从人的"窗口",窥见了伸手不见五指的黑屋子。难怪有人说:见多了人的眼睛,你会觉得动物的眼睛更美。因为它纯洁。

辑三 乡愁咏叹调

星光下,我遥看这老屋,心里升起一种深长的敬畏——它像一座静穆的庙宇,寄存着岁月、生命、血脉流转的故事……

远去的乡村

"稻花香里说丰年，听取蛙声一片。"你们只听见辛弃疾先生在宋朝这样说，我可是踏着蛙歌一路走过来的。我童年的摇篮，少说也被几百万只青蛙摇动过，我妈说："一到夏天我和你外婆就不摇你了，远远近近的青蛙们都卖力地晃悠你，它们的摇篮歌，比我和你外婆唱得还好听哩。听着听着，你咧起嘴傻笑着，就睡着了。"

小时候刚学会走路，在泥土的田埂上摔了多少跤？我趴在地上，哭着，等大人来扶，却看见一些虫儿排着队赶来参观我，还有的趁热研究我掉在地上的眼泪的化学成分。我扑哧一笑，被它们逗乐了。我有那么好玩，值得它们研究吗？于是我静静地趴在地上研究它们。当我爬起来，就已经有了我最原始的昆虫学。原来摔跤，是我和土地举行的见面礼，那意思是说，你必须恭敬地贴紧地面，才能接受土地最好的生命启蒙。

现在，在钢筋水泥浇铸的日子里，你摔一跤试试，你跌得再惨，你把身子趴得再低，也绝看不见任何可爱的生灵，唯一的收获是疼和骨折。

菜地里的葱一行一行的，排列得很整齐很好看。到了夜晚，它们就把月光排列成一行一行；到了早晨，它们就把露珠排列成一行一行；到了冬天，它们就把雪排列成一行一行。被那些爱写田园诗的秀才们看见了，就学着葱的做法，把文字排列成一行一行。后来，我那种地的父亲看见书上一行一行的字，问我：这写的是什么？为啥不连在一起写呢？多浪费纸啊！我说：这是诗，诗就是一行一行的。我父亲说：原来，你们在纸上学我种葱哩，一行一行的。

你听见过豆荚炸裂的声音吗？我多次听过，那是世上最饱满、最幸福、最美好的炸裂。所以，我从来不放什么鞭炮和礼花，那真有点儿虚张声势，一串疑似世界大战即将发生的剧烈爆响之后，除了丢下一地碎纸屑和垃圾等待打扫，别无他物，更无丝毫诗意。那么，我该怎样庆祝我觉得值得庆祝一下的时刻呢？我的秘密方法是：来到一个向阳的山坡，安静地面对着一片为着灵魂的丰盈和喜悦而缄默着的大豆啦、绿豆啦、小豆啦、豌豆啦、红豆啦，听它们那被阳光的一句笑话逗得突然炸响的"噼噼啪啪"的笑声——那狂喜的、幸福的炸裂！美好的灵感，炸得满地都是。诗，还用得着你去苦思冥想吗？面朝土地，谦恭地低下头来，拾进篮子里的，全是好诗。

纵着走过来，横着走过去，我不识字的父亲，披一身稻花麦香，在阡陌上走了几十年，我以为他只是在琢磨农事。当他头也不回地走远，他的田亩和更广袤的田亩，被房地产商一夜间全部收购，种植了茂密的钢筋水泥，然后无限期地转租给再也不分泌露水、不生长蛙歌，仅仅隶属于机械和水泥的荒芜永恒——这时，我才突然明白：我不识字的父亲，他纵着走过来，横着走过去，他一生都固执地走在一首诗里，他一直在挽救那首注定要失传的田园诗。

屋梁上那对燕子，是我的第一任数学老师、音乐老师和常识课老师。我忘不了它们。我至今怀念它们。它们一遍遍教我识数：1234567；它们一遍遍教我识谱：1234567；它们一遍遍告诉我，一星期是七天：1234567。

老　屋

　　老屋已经很老了，它确切的年龄已不可考，它至少已有一百五十多岁了。修筑它的时候，遥远的京城皇宫里还住着君临天下的皇帝，文武百官们照例在早朝的时候，一律跪在天子的面前，霞光映红了一排排撅起的屁股，"万岁万万岁"的喊声惊动了早起的麻雀和刚刚入睡的蝙蝠。就在这个时候，万里之外的穷乡僻壤的一户人家，在鸡鸣鸟叫声里点燃鞭炮，举行重修祖宅的奠基仪式。坐北朝南，负阴抱阳，风水先生根据祖传的智慧和神秘的数据，断定这必是一座吉宅。匠人们来了，泥匠、瓦匠、木匠、漆匠；劳工们来了，挑土的、和泥的、劈柴的、做饭的。妇人们穿上压在箱底的花衣服，在这个劳碌的、热闹的日子里，舒展一下尘封已久的对生活的渴望；孩子们在不认识的身影里奔来跑去，在紧张、辛劳的人群里抛洒不谙世事的喊声笑声，感受劳动和建筑，感受一座房子是怎样一寸一寸地成型，他们觉出了一种快感，还有一种神秘的意味；村子里的狗们都聚集到这里，它们是冲着灶火的香味来的，也是应

着鞭炮声和孩子们欢快的声音来的。它们,也是这奠基仪式的参加者,也许,在更古的时候,它们已确立了这个身份。它们含蓄、文雅地立于檐下或卧于墙角桌下,偶尔吐出垂涎的舌头,又很快地收回去了,它们文质彬彬地等待着喜庆的高潮。哦,土地的节日,一座房屋站起来,炊烟升起,许多记忆也围绕着这座房子开始生长。

我坐在这百年老屋里,想那破土动工的清晨,那天大的吉日,已是一个永不可考的日子。想那些媳妇们、孩子们、匠人们、劳工们,他们把汗水、技艺、手纹、呼吸、目光都筑进这墙壁,都存放进这柱、这椽、这窗、这门上,都深埋在这地基地板里,我坐在老屋里,其实是坐在他们的身影里,坐在他们交织的手势和动作里。

我想起我的先人们,他们在这屋里走出走进,劳作、生育、做梦、谈话、生病、吃药;我尤其想起那些曾经出入于这座房屋的妇人们,她们有的是从这屋里嫁出去,有的是从远方娶进来,成为这屋子的"内人",生儿育女、养老送终、纺织、缝补、做饭、洗菜……她们以一代代青春延续了一个古老的家族,正是她们那渐渐变得苍老的手,细心地捡拾柴薪,拨亮灶火,扶起了那不绝如缕的炊烟。我的手掌上,不正保存着她们的手纹?我确信,我手指上那些"箩箩""筐筐",也曾经长在她们的手指上,她们是否也想象过:以后,会是一双什么手,拿去她们的"箩箩""筐筐"?

我坐在老屋里就这么想着、想着,抬起头来,我看见门外浮动着远山的落日,像一枚硕大、熟透的橘子,缓缓地垂落、垂落。

我的一代代先人们,也曾经坐在我这个位置上,从这扇向旷野敞开的门口,目送同一轮落日。

李汉荣
散文精选

暮色笼罩了四野,暮色灌满了老屋。

星光下,我遥看这老屋,心里升起一种深长的敬畏——它像一座静穆的庙宇,寄存着岁月、生命、血脉流转的故事……

木格花窗的眺望

窗是松木做的，阳光照晒的时候，惊喜的窗木就飘出特有的清香。这是我们能够嗅到的乡村气息的一部分，也是农业气息的一部分。植物的魂灵遍布于生活的每一个细节：桐木的门、臭椿木的梁柱（臭椿被民间称为树王）、桦木的椽、棕木的房梁、榆木的门墩、盛米的椴木勺、舀水的葫芦瓢，就连脾气难免尖刻的菜刀也有着柔和的柳木把柄……这一切合并成一种浑厚清洁的气息，这是民间的气息，也是古老中国的气息。

就这样，一部分松木来到母亲的生活，以窗的形式，帮助着母亲，也恰到好处地把一部分天空、一部分远山引进了她的日子；到夜晚，就把一部分月光，一部分银河领进她的屋子，她的梦境。

站在窗前，首先看到的是那一片菜园，韭菜整齐排列着，令人想起千年的礼仪，民间自有一种代代传递的肃静与活泼；白菜那白净的素脸，那微胖的身段，是一种永不走样的平民美貌；葱那不谙世事的单纯的手，却能在不动声色的土里取出沁人心脾的情义；花椒树，经营着浑身的刺，守着那古老的脾气；鲜美的麻，一种地道的民间味道。

人在愁苦的时候，依在窗前，看一眼这菜园，内心里就有春色，有了不因世道和人心的扰乱而丢失或减少的，那种生的底色，也是心的底色，这就是天地生命的颜色。

我能想象，母亲多少次站在窗前，看那菜园，那经她的手照料的植物们，那些绿，星星点点竟绿成这一大片，要不是泥土缚了它们的脚跟，它们也许会翻过窗，走进屋子里来的。

母亲曾说，她年轻的时候，也常失眠，就站在窗前，久久凝神看，好几次看见月光从窗格里进来，就变成四四方方的，她就想这是一封封信，是从天上寄来的，静静地放在窗台，等她收阅。我知道母亲这一生是没有收到几封信的，也许她是在想象天意里会有一个夫君，等着她，却无缘相遇，就在远天远地的夜晚辗转投寄来这一封封素笺。

窗框雕有简单的图案：喜鹊、蝴蝶、莲花、仙桃。古中国的偶像，只是这自然里美的生灵。人居住在它们之中，受它们庇护，也庇护着它们。人与天地就这样互相凝视、互相友善，自然成就了人，人也变成了自然的情义。

阳光洒进来，月光照进来，星星走进来，风有时也跑进来，雨有时也会两三点跳进来，更有时，那迷路的蝴蝶也会因了惹眼的窗花飘进来，在屋里逗留片刻。窗外墙根下，时不时就冒出几丛喇叭花藤，顺着墙壁爬上窗子，在母亲难免有些寂寞的窗口，吹奏起淡紫的、蓝色的音乐；那些蛐蛐们、蝈蝈们、根本见不到面的无名无

姓的虫儿们，就伴和着唱它们的歌，那从远古一直传下来的老歌；喜鹊、斑鸠、麻雀、八哥、云雀、布谷、阳雀、画眉、清明鸟……也远远近近地唱着、唱着。从这木格花窗，你抬眼可望见万里，你侧耳能听见千秋。

我站在窗前，嗅着淡淡的松木香气，和从窗外深远的天地飘来的草木风月的气息，我在想我小小的母亲，她仅是这窗里的一个小小妇人吗？

此时，鸡叫两遍，已是深夜丑时，母亲熟睡了，我静立窗口，看见月亮偏西，泊在遥远的一个山脊上，银河浩瀚，展开了它波澜壮阔的气象，我似乎听到天上涨潮的声音，哗啦啦的声音，它的波浪汹涌而来，拍打着夜深人静的民间，拍打着这小小的窗口，笼罩着我小小的母亲。

哦，小小的窗口，小小的母亲，小小的我们，与浩大的天意在一起，我们很小，但是，人世悠远，天道永恒……

回忆小时候拜月

天刚擦黑,爹就和娘一起从堂屋供桌前搬出小方桌和小凳子,放在我们家院子的正中,把一盘大枣、一盘月饼放在小方桌上,然后端端正正恭恭敬敬朝着月亮的方向坐下来。

我也端端正正恭恭敬敬坐在爹的旁边。我问爹:"月亮今晚出不出来?"爹说:"说话要轻声一点,别吵着了月亮,月亮爷爷正在往我们这里走呢。"

我就安静地坐着,不说话,眼睛瞅着桌子上让月亮吃的东西。

爹说:"别馋,这是为月亮爷爷准备的,它过一会儿来看我们。"

我问:"月亮是我们家的亲戚吗?"爹说:"是,月亮是我们祖祖辈辈的亲戚。"正说着,院子前面的屋顶就白花花亮了,隔壁三家的山墙也白花花亮了,像悄悄涂了一层石灰,是月亮出来了,圆圆的,已挂在前面的皂角树上。

爹抬起头,望了一会儿月亮,他脸上的表情很安静,很远,淡

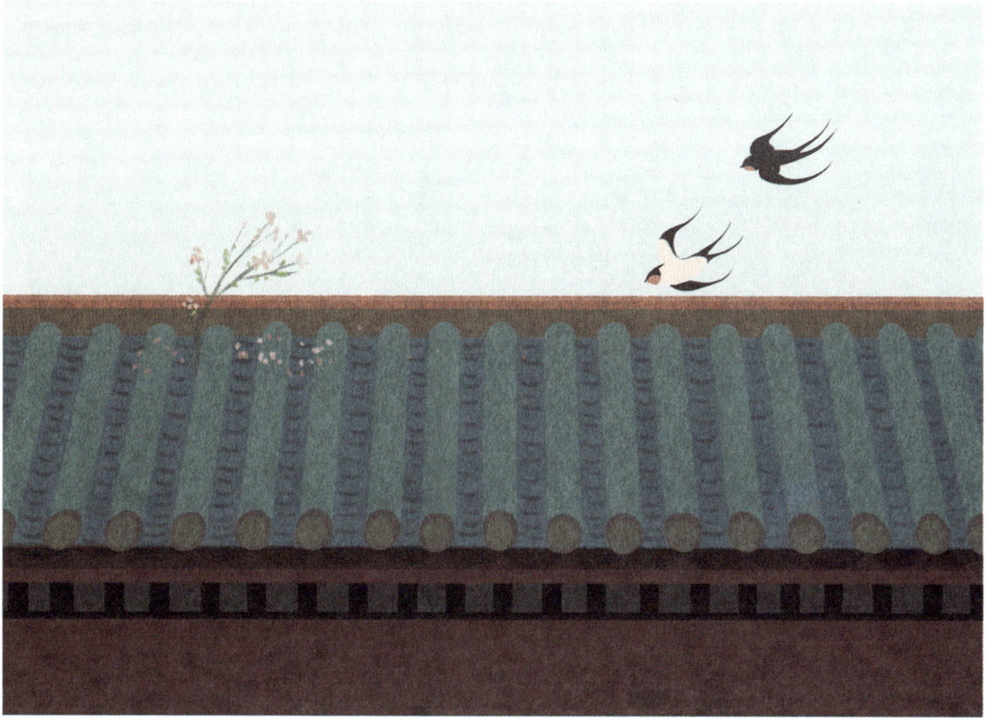

它们要努力做到，

它们的到来，

春天欢喜，

主人也欢喜。

淡的，又罩着一层喜悦。

我看一眼爹，又看一眼月亮，觉得他们的脸很相似，月亮是天上的一张不会老去的脸。

爹站起来，向月亮作了三个揖，然后跪下来，向月亮磕了三个头。

爹的动作恭恭敬敬，爹的表情恭恭敬敬。

我学着爹的样子，也向月亮作了三个揖，磕了三个头。

爹对着月亮说："请月亮尝尝我们的心意。"然后就把一部分月饼、红枣撒在院子里的月光上面。

爹又给我一瓣碎的月饼和红枣，让我在有月亮的地方都撒一些。

我把月饼和红枣撒在屋后的溪水里，溪水里有一轮月亮；撒在大门外的池塘里，池塘里有一轮月亮；正准备撒进村头的井里，井里也有一轮月亮等着。赶来挑水的杨自明叔叔说井里的月亮只喝水不吃东西，吃了别的东西会吃坏月亮的肚子，井水就不好了。

我回到我们家的院子，看见爹还在静静地望着月亮出神。

爹从月亮上返回，一脸的月光，他对着我和娘说："今晚月亮好，天气好，月亮领了我们的心意，会照看和保佑我们有好年成，好身体，好心情。"

我问："每一家都拜月吗？每一个人都拜月吗？"

爹说："天下人都拜月，古往今来的人都拜月，月亮领了人们的心意，才保养得白白胖胖，然后保佑天下人安康。"

后来，我就趴在爹的膝盖上睡着了。

第二天早上起来，我就在院子里、池塘里、溪水里寻找昨天晚上撒给月亮的礼物，它们都不见了。

我问爹："真是月亮爷爷吃了吗？"爹说："是月亮爷爷吃了。"

我问娘："真是月亮爷爷吃了吗？"娘说："是院子里的鸡吃了，狗吃了，鸟吃了，虫吃了，是池塘里的鱼吃了，是溪水里的鹅吃了。"

爹看了一眼娘，拍拍我的脑袋说："那是月亮爷爷让给它们吃的，月亮照着的地方，月亮都要照料那里的花花草草虫虫鸟鸟，不让它们饿着。"

我当时觉得父亲很古怪，直到此时写这篇文章的时候，我才忽然明白：

我父亲那一代人，他们和天地万物保持着一种很深厚的血脉亲情。

他尊敬月亮，他虔诚地拜谢这位天上的亲戚，就在他拜月的时候，他不仅让自己过了一个节日，他也让水里的鱼，树上的鸟，门前的狗，地上的鸡，甚至那些看不见的虫虫蚂蚁都过了一个节日。

那个夜晚的节日，多么明亮，多么温暖，多么深情，多么神秘，多么有意思……

我在河边长大

我是在河边长大的。

河不大，却有一个温润而诗意的名字：漾河。漾河，每当我想起你或叫起你，心里就漾起多少柔情啊。

我四岁就学会了游泳，没有人教我，我偷偷地找了一处清浅的河湾，手扒在岸上，两脚不停地扑腾。那时我多么羡慕鱼儿呀。它们是那么小，却天生都会游泳。我心里闪过一个念头：如果妈妈把我生成一条鱼，该有多好。我生下来就是一个水手，整整一条河流都是我的，我会游到很远很远的地方。但我那时不曾想过：如果我真的是一条鱼儿，我还能返回到岸上，在家门口叫一声"妈妈"吗？

六岁的时候，我帮大人放了两个月牛，当我将那根又粗又长的缰绳牵在手里，看着一头庞然大物站在我面前，我又害怕又高兴，甚至有些受宠若惊：这么一个比我大许多倍的东西属于我了，它是那么温顺，总是跟着我走，听我的话。它是一头黄牸牛，我便给它起了个名字：老黄。我感到对不起老黄：我这么小，却要支配这么大的东西，有时还训斥它，难道它不知道，我也是被大人们饲养、放牧和训斥的"小畜生"吗？我常常把老黄牵到河滩的杂树林里，它吃青草，我采野花；它卧在树下反刍，我坐在石头上看小人书。有一天我忽然听到对岸的秧歌和锣鼓声，多想过去看看热闹，但是我不敢过河，听大人们说，河神会溺死偷渡的小孩的。这时，老黄好像猜到了我的心思，它前腿踩进河里，后腿蹬在岸上，向河对面哞哞叫两声，又转过头向我哞哞叫两声。我明白了它的意思，它要驮着我过河。当我跳上黄牛脊背，我忽然感到我一下子长高了，高过了河堤河岸，高过了两岸的庄稼和房屋。牛背是多么温暖而安全哟。我敢说，即使全世界的皇帝用他们的王位与我交换，我也绝不出让我的牛背。这是我第一次到河的对岸去，第一次出远门走水路，就是到了今天，我也在内心里时常怀念那温顺而善解人意的老黄，那驮我到彼岸去的老黄。

　　一到春天，河两岸便成了孩子和妇女们的乐园。孩子们在河边摸鱼儿、捉迷藏，妇女们则忙着洗衣服、拉家常，只听满河的棒槌声和嬉笑声，掠水而飞的鸟叫声，小河哟，简直是一处世外桃源。我最爱玩的游戏是扔漂石，选一枚薄薄的石片握在手里，使足劲平甩出去，石片就像一尾飞鱼贴着水面飞得很远很远。有一次我甩出一尾"飞鱼"，它飞到对面洗衣服的妇女们面前才沉下去，她们以为真是一尾鱼，便跳下去追呀捉呀，我觉得很好玩，忍不住举起手中的石片喊了一声：鱼在这里呢！便招来一阵笑骂，听得出她们不是在骂我，倒像是用一种戏谑的方式，感谢我在她们平静的水面溅

起一串惊喜的浪花……

夏天，大人们爱到柳林边的河湾游泳，他们不让小孩和他们一起游泳，说小孩看了大人的身子，晚上会做噩梦的。一次，趁大人们下河了，我们几个小孩便悄悄钻进柳林偷看他们。啊，看到了看到了，他们和我们并没有什么不同，除了一些年岁的标记，他们和我们是一样的。我们特别留意那位很红火的"造反英雄"，看他究竟有没有与众不同的地方，看来看去，只发现除了他比别人要黑瘦一些之外，再无什么不同。于是便想：他是不是就因为自己太瘦了才去造反呢？我们又发现另一位上岸穿衣服的"红人"却是出奇地胖，那么……我们的小脑袋再也想不出什么答案了。从这一天开始，我们再不那么迷信和崇拜大人了，他们和我们是一样的，他们不过是长大了的小孩，国王是长大了的小孩，佛爷、上帝、玉皇是不是都是长大了的小孩呢？

不知不觉间我也长成了大人。人大了，河就小了。于是我到远方去，到江边听涛，到海上弄潮，到精神世界的浩瀚汪洋里扬帆远游。

但是不管走到哪里，我总忘不了那条小河。她曾用她的乳汁，不计回报地喂养过我的童年和少年。我对于世界和人生最初的憧憬和理解，是小河教给我的，是生活在小河岸边的勤劳质朴的人们传给我的。如果我的记忆里少了这一条小河，我的生命里就会失去很多清纯、朴素的东西。而如果我的记忆里就仅有这一条小河，我的生命里就难以有壮阔浩瀚的激流和波光。小河给了我最初的滋润，我不能忘怀她；小河也限制了我的视野和情怀，我必须告别她，到大河里去,到大海里去,到浩渺的银河里去。小河是不会责怪我的,我听见,小河对我说:孩子,去吧,去吧,和我一道走吧,我也要到大海里去,到远方去……

想念小村

小村很小。一二十户人家，一个小小的地名：孙家湾。

远远近近还有：李家营，张家寨，汪家梁，富家坝，杨家坪，袁家庄，吴家沟，王家坎……

这小小地名需轻轻地、抿着嘴叫，才能叫出那小小的味道、小小的意境、小小的风情。如果你大张着嘴吼叫，会吓坏了她，会惊了她的魂儿。不信，你试着大声吼一句：孙家湾！——看是不是没有了孙家湾的味儿？孙家湾飘着淡淡的野花香味儿。孙家湾像一个刚刚新婚的小媳妇，青涩、害羞、爱笑，朦胧中透出刚刚知晓什么秘密后的不好意思，还流露一点儿隐隐约约的风流，你闻这梨花，不正是她睡梦中飘出的撩人的体香？

你肯定不能大声吼叫孙家湾，只能轻轻地、软软地喊她。

李家营，张家寨，王家坎……她们都是孙家湾的姊妹，她们都是很小很小的小村。

一只公鸡把早霞衔上家家户户的窗口。

李汉荣
散文精选

一群公鸡把太阳哄抬到高高的天上。

一只猫捉尽了小村可疑的阴影。

一只狗的尾巴拍打着小村每一条裤腿上的疲倦和灰尘。

一条小路送走远行的背影,接回归来的足音。

一座柳木桥连接起小河两岸的方言和风俗,彼岸不远,抬脚即达。

一头及时下地的黄牛,认识田野的每一棵青草,熟悉小村每一块地的墒情。

一架公道正派的风车,分辨着人心的虚实和小村的收成,吹走了秕谷,留下了真金。不管外面刮什么风,这古老的风车,他怀古,他念旧,他一年四季只刮温柔的春风。

一缕炊烟从屋顶扯着懒腰慢慢升起,与另一缕炊烟牵手,渐渐与好几缕炊烟牵绕在一起,合成一缕更大的炊烟,淡淡缓缓地,又热热闹闹地,向天上飘去,结伴儿要到天上去走一回亲戚。

一架高高的秋千,把小村的笑声荡向云端荡向天河,只差一点,就把天上想家的织女接回来了,就差那一点,织女未归,于是小村的秋千越荡越高,越荡越高,荡了一年又一年。

一棵老皂角树,搓洗着世代的衣裳,小村的布衣青衫,总是那么朴素洁净、合身得体,一年四季都飘着皂角的清香,即使走在远方的街头,闻一闻衣香,就能找到你的老乡。

一弯明月是小村的印章,盖在家家户户窗口上,盖在老老少少心口上,有时就盖在大槐树上和稻草垛上,盖在孩子们的课本上。

小学放学的学娃子,边踢石子边背诵"两个黄鹂鸣翠柳……"

小村的树上就歇满唐朝的诗句，家家户户就记住了一位姓杜的诗人。

村头那口水井，滋润着小村的性情、口音和眼神：淡淡的、绵绵的、清清的……

小村很小。小村的世面不大，小村心地单纯，心事简单，话题也简单。小村没有大起大落，没有大悲大喜，习惯了平平静静过日子，小村的夜晚没有噩梦。

小村很小。小村的心肠软，人情厚，张家娃感冒了，折几根李家院子里的柴胡散寒祛风；黄二婶炖鸡汤，采一捧邻居菜园的花椒提味增鲜。老孙家的丝瓜蔓憨乎乎翻过院墙，悄悄给我家送来几个丝瓜；我家的冬瓜藤比初恋的后生还要缠绵多情，绕来绕去非要绕进老孙的地里，就把几个比枕头还大的冬瓜蹲在那里，傻瓜一样守着，不走了。

小村很小。小村的脾气好，性子慢，庄稼不慌不忙地长着，孩子不慌不忙地玩着，大人不慌不忙地忙着，老人不慌不忙地老着，溪水不慌不忙地哼着祖传的民谣，燕子不慌不忙地背着一部久远的家训。除了急躁的闪电，和偶尔发脾气的阵雨，多数时候，小村是慢悠悠的，羊儿是慢悠悠吃草的，夕阳是慢悠悠落山的，山湾的那汪清泉，也是慢悠悠说着地底的见闻。

小村很小。小村的胸襟并不小。小村的天空很大。天是小村的哲学老师和伦理学教授，把深奥的道理讲得通俗透彻。小村的口头禅：老天爷在上，把啥都看着呢。小村早就明白：在天下面，谁都是小小的，神仙是小小的，皇帝是小小的，人啊，鸟啊，猫啊，狗啊，蚂蚁啊都是小小的，谁都没有什么了不起。小村没有势利眼，小村没有奴性，小村不崇拜什么官啊长啊，小村只尊敬君子，君子是大人，君子是懂得天道人心的人，是有情有义的人。因此，厚道和本分，是小村对人品的最高评价；善良和仁义，是小村的身份证和墓志铭。小村虽小，小村不出产小人，小村最看重良心。

小村的鸟不卑不亢地飞着，小村的狗不卑不亢地叫着，小村的河不卑不亢地流着，小村的云不卑不亢地飘着。

小村夜晚星星很多，密密匝匝像熟透的葡萄。老人逗孩子们说："那么多葡萄，祖祖辈辈也吃不完一小串。"

"嚓"——几粒流星划过小村头顶。

孩子们说："天上的孩子也在吃葡萄。"

水磨坊

水、石磨、粮食，在这里相逢了，交谈得很亲热。

哗啦啦，是水的声音；轰隆隆，是石磨的声音；那如细雨飘落的，是粮食的声音。

水磨坊一般都在河边或渠边。利用水的落差，带动木制的水轮，水轮又带动石磨，就磨出白花花的面粉或金黄的玉米糁。

水磨坊发出的声音十分好听。水浪拍打水轮，溅起雪白的水花，发出有节奏的哗啦哗啦的声音，水轮有时转得慢，有时转得快，这与水的流量和流速有关。转得慢的时候，我就想，是否河的上游，有几位老爷爷在打水，河水的流量就减小了？转得快的时候，我又想，是否在河的中游或距水磨坊不远的某一河湾，一群鸭子下水了，扑打着翅膀，加快了水的流速？有一次我还看见水里漂来一根红头绳，缠在水轮上，过了好一会儿才被水冲走，我当时真想拾起它，无奈水轮转得很快，又不敢关掉水闸，看着那根红头绳被汹涌的流水扑打，无助地闪动着红色的幻影，心里泛过一阵阵伤感。我想那一定是河的上游或中游，一位姐姐或妹妹，对着河水简单地打扮自己，不小心把红头绳掉进了水里，她一定是久久地望着河面出神，随着红头绳流走的，是她的一段年华，说不定还有一段记忆。

比起水轮热情、时高时低的声音，石磨发出的声音是平和、稳重的，像浑厚的男中音，它那"轰隆隆"——其实这个词用得不准确，它不怎么"轰"，持续均匀的声音是"隆隆"，像是雷声，但不是附近或头顶炸响的雷声，而是山那边传来的雷声，那惊人的、剧烈的声响都被山上的植被、被距离、被温柔的云彩过滤了，留下的只是那柔和的隆隆，像父亲睡熟后均匀的鼾声。粮食也发出了它特有的、谁也无法模仿的声音，磨细的麦面或磨碎的玉米糁从石磨的边缘落下来，麦面的声音极细极轻，像是婴儿熟睡后细微的呼吸，只有母亲听得真切；玉米糁的声音略高略脆一些，好像蚕吃桑叶的声音，或是夜晚的微风里，露水轻轻滴落的声音。

守在水磨坊里的，多是老人或母亲，有时候是十岁左右的孩子，太小了，怕不安全。我在七八岁的时候，几次请求母亲让我看守水磨坊，母亲不答应，说水可不认识你，水不会格外照顾你。经不住我的纠缠，母亲只好答应我。我看守了好几次水磨坊，学大人的样子按时给磨眼里添粮食，按时清扫磨槽里的面粉。抽空蹲在水边看水轮旋转水花飞溅，听水的声音，石头的声音，粮食的声音；根据水轮旋转的快慢想象水的流量流速，想象河的中游或上游发生了什么事情，凝视一根漂流的红头绳，想象遥远的河湾一个女孩子伤感的神情……

当我从水磨坊里走出来的时候，我看见水磨坊旁边的柳树林里，母亲坐在一块石头上，手里拿着正在缝补的衣裳，微笑着向我点头。哦，我的母亲不放心水，不放心石头，她一直守在水磨坊附近，守着她的孩子。

水磨坊，我最初的音乐课堂，爱的课堂，我在这里欣赏了大自然微妙的交响，我看见了水边的事物和劳动，有那么丰富的意味；我看见水边的母亲，母亲身边的水，那么生动地汇成了我内心的水域。

我渴望，当我老了，我能有一个水磨坊，在水边，看水浪推动水轮，发出纯真热情的声音；将一捧捧粮食放进磨眼，在均匀柔和的雷声里，看一生的经历和岁月，都化作雪白的或金黄的记忆，细雨一样洒下来……

我希望，水磨坊不要失传，水磨坊的故事不要失传。

寂寞的稻草人

播种时节和谷豆熟了的日子,田地里就会站起一些稻草人,他们大都头上戴一顶旧草帽,身上穿着破烂衣服,有的扬起手臂,仿佛正在用力抛掷什么物件;有的手举竹竿,正向可疑的目标用力挥去,却迟迟没有挥下去。

天气有时热有时并不热,太阳有时并不出来,他们却都要戴着那顶旧草帽,夜晚也不摘下来,难道怕月亮和星星晒黑了自己?这倒不是,主要是怕大白天那馋嘴的鸟儿们,如麻雀呀,斑鸠呀,喜鹊呀,看清了他们的真面目,说:"哼,想吓唬我们,连眼睛耳朵鼻子都没长全,还不如我们耳聪目明能跑能飞。哼,把我们当傻子瞎子,你才是傻子瞎子呢。"说着,就认定这熟了的庄稼也有自己一份,就吃起来了,吃饱了,翅膀一扇,还跳上那"傻子"的肩上,叽叽喳喳,取笑他们一番。

我家地里的稻草人,与别人家地里的稻草人一样,总是穿着父亲穿过的破旧衣服,戴着一顶破草帽,不论白天黑夜风吹日晒,都

寂寞地站在田头，守护着我们的庄稼和日子。

我们的父亲勤劳、清贫，他们很善良，有着柔软的心肠。他们不忍心让忙里忙外、缝衣纳鞋的妻子，再穿着旧衣服、戴顶破草帽，以稻草人的形象，站在田野里受日晒雨淋，受鸟儿嬉笑。他们更不忍心让自己的孩子以稻草人的样子去开始生活，他们不让孩子在烈日下暴晒童年。所以，那时，在我的家乡，田野里站着的稻草人，几乎都是男人的形象，都是父亲的形象。我们的父亲，坚决地做了稻草人的原型。

被父亲们守护的田野，有着丰富的氛围和意境。他们破旧的衣服和草帽，让人感到一种辛苦和清贫；他们的坚持、忠厚和习以为常，却让人感到温暖和安宁。

有一次，走在放学回家的路上，我忽然看见田地里同时出现真人和稻草人，都像是我的父亲。一个父亲正在坡地上弯着腰为豆子除草，那是真的父亲，我看见他在豆子地里起伏和移动着的身影。另外还有三个父亲，他们都戴着一顶破草帽，穿着父亲的破旧衣服，一个站在稻田东边，一个站在稻田中间，一个站在稻田西头，他们手里都举着竹竿做着赶鸟的动作。

我幼稚的心里，竟忽然涌起一股辛酸。我寂寞的父亲，劳苦的父亲啊。恍惚间，我感觉满田野都是我寂寞的父亲，都是我劳苦的父亲，满田野都是我穿着破旧衣服的父亲。

不知不觉间，我的眼睛湿了。我不忍心我的父亲是这个样子。我的父亲，无论怎样变化，难道都是这劳苦寂寞的样子吗？我流着眼泪，走到三个稻草人——三个父亲面前，向他们一一鞠躬，并轻声问候：辛苦了，爹爹。

忘不了，田野里的稻草人，我们的父亲，我们辛劳的父亲，穿着一身旧衣服的父亲，戴着旧草帽的父亲，被寒风吹被烈日暴晒的父亲，越走越远的，我们农业的父亲，我们寂寞的父亲。

每当看见头顶飞来飞去的鸟儿，我都忍不住想问它们一声，你们，还记得那些稻草人吗？还记得我们的父亲吗？那些手总是举着，却从来没有向你们抛掷过厉害物件的、那些田野里站立着的父亲，你们还记得他们吗？

小时候的河对岸

沿小河行走，隔上一二里或三五里，就有一座小桥，有时是石桥，有时是木桥。有一种柳木桥，最有野趣和生趣，两三根柳木并排搁在岸上，两头用土和石头固定住，人马牛就可以在上面行走。那柳木默默负载着各种压力，引起偶尔路过的那些多愁善感的人对它的同情：一棵忠厚文弱的柳，作古了，躺下了，还不得安生，还那么累。但是，没想到，在来年春天，那木头竟活了过来，发芽了，抽枝了，那青绿的枝叶拍打着河水，撩拨起雪白的浪花，好像在和流水嬉闹。这时候，心思多的人就看见了一棵树的前世和来生，会想起一些更深更远的心思。

小时候，我过得最多也最喜欢过的就是这种柳木桥。我老家村庄边有一条清浅的小河，叫漾河，在流经我们村附近的五里地之内，河上就有好几座柳木桥。那时，我放了学做完作业，经常约上小伙伴到河边去找猪草。我们大呼小叫着跑到对岸，引起村庄里的狗们一阵惊慌和抗议，凶一些的还扑到跟前阻拦我们，见我们都是

李汉荣
散文精选

些比它们大不了多少的小东西，汪汪一会儿也就退回去了；草滩上吃草的羊，抬起头来疑惑地打量我们，互相交头接耳咩咩议论几句，然后又低下头放心吃草；正在拉犁的牛停了下来，跟在牛后面扶犁的大叔将手中的鞭梢轻轻扫拂着牛背上的蚊蝇，却并没有催赶牛卖力的意思，他是在抚慰牛，于是，拉犁的牛和扶犁的乡亲都在我们到来的这一刻有了休息的理由；那些在庄稼地里埋头忙活的老乡，见我们来了，就停下手中的活儿，杵着锄把注视我们一阵，有的从自家屋里走出来，对着我们笑一笑，或戏谑地说一声：嘻，这些娃，河对岸的娃，好野。我们的到来似乎给这里的人们和生灵们带来了一阵意外的惊喜，我们也从人们和生灵们对我们的反应和动静，隐约意识到我们正在和另一处人间发生着关系，虽然我们很小很小，但我们也在给别人的生活制造动静，甚至有可能为这里的人们和生灵们增添些记忆。当然，我们的到来，也给这边的田野和生活造成了损失——我们为了猪草，剜走了这里可爱的野草野花，减少了这里的春色和夏景，也使这里的猪少了一些可口的食物。我们的心里有点过意不去。但是，我心里又一想，这里的孩子们不也经常踩着柳木桥三五成群跑到我们那里去采猪草，捉蝉儿吗？一来一往，彼此彼此，看来，两岸的春色和夏景，并没有因孩子们不安分的往返而打了折扣受到影响。

后来我长大一些了，成了一个多情的少年，有了自己的心事和忧愁，常常一个人来到河边，并不为做什么，就从那柳木桥上走过去又走过来。有几次，我过桥到对岸的柳林里，静静听一阵鸟叫，然后又从桥上返回来，钻进我们这岸的柳林里，比较两岸的鸟声，

谁的更好听，谁的歌声能让心尖儿发颤。听多了，才发现，其实它们中同一种鸟儿的歌声是相似的，表达着似乎相近的感情，它们飞来飞去，在互相交换着快乐，也交换着忧伤。也许，两岸的鸟儿，有不少是有着血缘关系的亲戚，或是有着世代交情的朋友，它们在同一条河流，在时光的两岸，过着各自的生活，却体会着世间的鸟儿都会遭遇的喜悦和忧伤。有一次，我在河对岸的一片麻柳树林里，看见了几只喜鹊在叽叽喳喳说话拉家常，其中两只很眼熟，仔细一看，原来是我家门前那棵高大榆树上喜鹊窝里的那一对喜鹊夫妻，它们飞到这里来，可能是看望早已和它们分开生活的兄妹或儿女们吧。我忽然想起，我的姨姨和二姑姑，就分别住在离我家一二十里的河这岸的两个村庄，过年时，我还随父母兄弟去给他们拜年，他们也到我们家送来年礼和祝福。就像我们经常走亲戚，亲人间互相传递着生活的情义，分担着卑微的悲喜，抚慰着彼此的心，这些鸟儿，很可能也经常走亲戚。这不，你听，此时，那几只喜鹊交谈得多么亲热，当然，嗓音不时也有点哽咽，那一定是说到难过的事情了吧。

再后来，我离开了故乡，离开了小河，但我忘不了那条给了我最初的快乐、美感和思念的故乡的河流，她是我真正的母亲河，是我心灵的乳娘。在我的心里，她是我一生里不可替代的情思之源，是启迪我美感和诗意情怀的美学老师。

如今，在没有"小桥流水"的城市，在没有波光倒影的日子，我们的生命内部，也似乎拆迁了"小桥流水"，我们的内心里也没有了波光倒影。记忆的原野被生存的狂暴车轮反复碾轧，情感的河

李汉荣
散文精选

床被欲望、金钱、水泥和钢铁深度覆盖和重新组装。我忧郁,我焦虑,我空虚,我饥渴。我对故乡那条小河的思念是越来越强烈了。每当夜深人静,午夜梦回,我寂坐于幽暗深处,却并不打开那没有泪腺的电灯,而是把记忆的探头伸进浮尘滚滚的内心。终于,我听见我心里柔软的地方,有水声荡漾过来,继而波光明灭,柳丝摇曳,鸟影往返——我知道,这是故乡的小河,她连夜赶来救援我,她一直在我的身体里潜隐、蜿蜒,在我的血脉里低语、叮咛……

童年的星空

一

那时，乡村的生活是清贫的，不过，我们这些乡村孩子，也有很多单纯的快乐和幸福。在今天看来简直是奢侈、豪华的幸福。

那时，在乡村，在我们的头顶，悬挂着密集的星星；那时的银河，水面辽阔，水势浩大，一到天黑就准时开闸放水，那明晃晃的波浪，浇灌着广阔乡村的夜晚和梦境。

天黑了，那是指大人们的天黑了，而孩子们的天呢，这时候却正好亮了。

大人们踏着夜色回家，回到生活的屋子，回到他们卑微的满足和琐碎的烦恼中，他们把大地交还给了孩子们，同时也把他们不怎么感兴趣的天空，完整地奉送给了孩子们。

天上的星星多密啊，是谁传了一声暗语，先是几粒急性子星星带头跑出来，站住，紧接着，哗——哗——哗——更多的、所有的星星都出齐了，天上，该亮的灯都亮了，都挂出来了。

是谁在管着天上的事情呢，是谁在管理这么多星星呢？这时我的小脑袋就要闪出几个问号。我们这小小的简单的家，都有爹妈管着；这小小生产队，都有个队长管着；天上那么大的家当，是谁在管着呢？望着星空，我无知的脑子里泛起了远古人类祖先们最初的天问。

每每是问号快速闪过，一转身就投入了孩子们的主业——玩。我们开始在村庄和原野疯跑，在稻草垛下捉迷藏，在夏夜的草地上捉萤火虫，在村口学狗叫，学猫叫，有时还学鬼叫，吓唬那些胆小的女孩子……星空下的村庄，奔跑着孩子们喜悦的身影。

星星们一定还记得我们夜晚的节目——因为是星星们眼睁睁看着我们一次次进行的下列节目。

二

测算银河：根据村前那条名叫漾河的河流长度计算银河的长度。据大人说那条小河有 230 公里长，银河离我们较远，多远？不知道，反正很远，那就乘上 80 倍，或者干脆乘上 100 倍，够可以了吧。由此，我们估计银河的长度大约是 23000 公里长；宽度呢，根据目测，我们推算是 500 公里到 800 公里。现在看来，当时的计算误差很大，严重小看了天上那条河流（现代天文学根据天文观测认为：银河是由数千亿颗恒星构成的巨型星系，其直径达 20 万光

年，银河绕银心自转一周需要2亿5000万年）。但是，对于我们这群土孩子来说，长20000多公里、宽800公里的天河实在是够大了，这流淌在天上的我们的运河，童年的运河，足够放飞我们内心的船队，漂流我们天真的梦想。

三

  寻找牛郎：那时生产队里有牛，家里有牛，有的小伙伴还放牛，我就放过两个月牛，对牛自然有一种感情，牛是我们的兄弟和朋友。而远在我们之前，牛在天上已经生活很久很久了，有一位放牛的大哥就在银河岸边的草滩放牛，他叫牛郎。放牛娃命苦，即使到了天上命还是苦，他除了放牛，还要追赶他喜欢的那个叫织女的女孩子，他就更苦了。我们想帮助他，也想劝说他，如果实在太苦，就先回到地上，和我们一起玩，一起放牛，在村里找个好姐姐成个家。

  那时，所有的神话、传说，对于我们都像真的一样，甚至比真实的故事更真实，更能打动我们纯真的心灵。我们活在现在，活在地上，却由衷地为远古、为天上那些可爱可怜的人担忧和祝福。那时，我们把多少纯真的泪水，洒给了他们，他们是居住在天上的我们有情有义的亲人。在夏夜，我们一次次在天上寻找牛郎，我们的小手频频举过头顶，伸进星空，在密集的星星的森林里，在银河的沙滩上，仔细寻找和辨认我们亲爱的牛郎哥哥。有时，刚刚找到，几片云又遮住了；等到云散去，缭乱的星光晃花了眼，牛郎哥又不

李 汉 荣
散 文 精 选

见了，于是又继续找，非找到不可，否则晚上睡觉是睡不踏实的。一个可爱的人丢失在了天上，没被我们找到，这是多大的事啊，我们怎能撂下他不管呢。好不容易找到了，就赶紧打上记号，村头田埂上那根木头电线杆、喜娃家门前那棵高高的香椿树，我家后门靠近水渠边上的那棵老槐树，小河对岸柏林寺那弯弯翘起的屋顶，都为天上的牛郎做过记号，它们的标记不是很准确，因为天空实在太大了，闪光的地址太多了，流泪的眼睛太多了，它们如何能被我们标示清楚呢？但是，在我们标示它们的时候，它们却更准确地标示出了：我们纯洁的情感，曾经一次次到达了天上，感动过神灵。

四

辨认月宫：那时的月亮特别大，特别亮，特别清晰，尤其是在深秋季节，天黑不久，月亮从对面山上出来，笑嘻嘻地、满面喜气地向我们点头、致意，一步步向我们走来；月亮很像个大铜锣，要是谁站在山顶上用一根木棍轻轻敲一下，满天下的人一定能听见清脆悠扬的铜锣的声音。当月亮在露珠闪闪的麦地上空走过，她简直是踮着脚步、贴着麦苗的叶子在轻轻移动，露珠儿打湿了她的脸，一会儿又被几片云轻轻擦拭过，月亮就更亮，更清晰了。她来到我们头顶了，现在，她就端端正正地坐在我们头顶，面对面地，我们看着她，她看着我们。我们看见了那里的山，看见了山下的河，看见了桂花树，看见了捣药的兔子，看见了慈祥的吴刚，我们甚至看见了他手中挥动的斧头，看见了他脸上、脖子上亮晶晶的汗水，他

也是个劳动人民，像我们的父亲一样，他在天上辛苦地劳动。遗憾的是他的劳动是如此没完没了，又毫无成果。我们清楚地看见被他砍过的桂树很快合上了刀痕，又完好如初，于是他又砍，继续砍，桂树上那闪动着的光斑，是他不停挥动的斧头，是他飞溅的汗珠。于是我们知道了，那桂树是喝着他的汗水在生长呀。那位嫦娥姨姨我们始终没有看见，据说她住在月宫里，她为什么不出来见见我们呢，世世代代的人们念叨着她，世世代代的孩子们念叨着她，她为什么就不看看守在地上的这些好心的亲戚呢？

那时，月亮上没有一丝尘埃，人类的脚印还没有到达那里，那时候，还没有任何力量将月亮从我们心中摘下，放在冰冷的盘子里，指着它斩钉截铁地说：它是一块石头。不，那时，我们眼里的月亮是神仙的故乡，是我们存放在天上的一本画册，是等待我们慢慢打开的祖先寄来的一封家书，是收藏着世世代代孩子们纯真梦境的宝盒，是等待我们用干净的小手去轻轻敲响的宇宙的大铜锣。那时，我们不知道高科技，没有望远镜，但童心的眼睛望得最远，看得最真。我们在冷冰冰的物质的宇宙里看见了温暖的感情，看见了永生的灵魂，那时，在现代的烟尘还没有遮蔽眼睛的时候，我们看见了最美好的月亮。

五

追赶流星：那时，夜晚的星星特别密，流星也特别多，大人们说，那是以前上了天的先人又想回家，成了仙的游魂又想变人，于

李 汉 荣
散 文 精 选

是他们连夜下凡、试探。我们是深信大人的话的。就是现在，我早已经是大人了，仍然觉得那时不识字的乡亲们说的许多话天真得像童话，美好得像诗，深沉得像寓言，那是朴素的信仰、亲切的哲学、深情的美学、象征的天文学。今天，我们这些做大人的，再也说不出那样有意思、有情义的话，我们有了一颗被实用主义、技术主义和消费主义层层包裹牢牢捆绑的心，却永远失去了那颗充满温情和诗意的天真的心，神秘的心，在永恒和无限里遨游的心。

还记得那个晚上，我和小明、喜娃、云娃、润娃在田野里游荡。忽然，嚓，一颗流星划过漾河湾，坠落在对岸芦苇滩上，我们就赶紧追过去，过了河上的柳木桥，走了好远，到达那片芦苇滩，并没有找到流星的踪迹，结果却发现一对青年男女，紧挨着坐在大石头上，那男的时不时指着天空说着什么。我对他们说我们看见流星落在了这里，我们是来找流星的，那男的说流星落在更远的前面，你们跑过去也不会找到，它永远都在最远的前面，索性就坐下来看流星吧，到哪里看见的流星都是同样的流星。孩子们怎么坐得住呢？他们必须找到他们想要的东西，相信梦想胜过相信生活，相信心灵胜过相信眼睛，总是被梦牵引，相信这个世界的深处和世界的远方存在着一个神奇的原因，存在着一个绝对美好的目的，存在着奇迹——这才是孩子。是孩子延续着这个世界的梦想，是孩子不断重演这个世界的创世纪，是孩子不断让这个被大人们住老了、用旧了的老世界返老还童，重现它本来的神圣、神奇和神秘。

我们告别了那对男女，转过身，忽然，嚓，嚓，有两颗流星划着并行的弧线，舞蹈着降落在前面那座叫定军山的山脊上，于是我

们爬上山顶。在那里,我们同样没有找到流星的踪影,我们却走进了一个守山护林人的窝棚,看见了那个可敬的守山老人,他给我们讲天上的传说,地上的故事,讲猴子掰苞谷的笑话,讲黑熊望月的憨态。他指着窝棚不远的黑红色的石头说,这是曹操拴过马的石头,是诸葛亮站立过的石头,你们听,三国的英雄们还没有走远,林子里的风还响着他们的回声……那夜,我们没有找到流星的踪迹,却隐隐约约发现了古人的踪迹,追着天上的线索,我们却不小心来到历史的纵深,听见了时间深处的回声……

六

　　为星星起名字:那时,我们无知,我们蒙昧,我们没文化,我们不懂得半点天文学,对天空宇宙,我们只有父辈口传的那些神话和传说,还有就是我们内心里无止境的想象。博大的星空原谅了我们的无知,他敞开怀抱一夜夜接纳了我们,我们在他怀里纵情地做梦,纵情地畅想,纵情地飞翔。

　　面对无边无际的星空,我们能叫出名字的只有十几颗,就像在人山人海里只能叫出几个亲戚朋友的名字。偏偏那时星空特别亮,星星特别密,我们纯真的眼睛也许还看不清也看不懂地上的事情,而对天上的事物,我们比大人看得更清楚。我们在天上结识了很多朋友,亲爱的星星朋友,但是我们叫不出他们的名字。朋友怎么能没有名字呢?于是我们开始给星星们起名字。

　　那每天晚上准时出现在村头水井里的那颗星叫什么名字呢?大

李汉荣
散文精选

人们都不知道。黄昏提水的时候，他在井里眨着眼睛；清晨打水的时候，他在井里揉着眼睛。他在这井里守了几百上千年了，据说这是个千年古井，大人们说，有他守护，这井水就清，就甜，就好喝。他从高高的天上，来到深深的井底，他是多好的朋友呢，于是我和喜娃、云娃、润娃一致决定，给他取名叫"水井星"。我们觉得有点对得起这位好朋友了，抬头看他，他真的也变得水淋淋了，他好像接受了我们给他的命名。他总是出现在柏林寺上空，正对着高高翘起的屋脊，当寺庙的钟声响起，他也随着微微战栗，好像被什么打动了，就像我外婆总是容易被庙里的钟声和诵经的声音打动，这么有灵性的星星，就叫他"大佛星"吧。在我们经常去采猪草的那个坡地，好几次黄昏我们抬眼就看见了他。他好像觉得我们太贪玩了，天快黑了猪草篮子还是空的，于是他就打出手电警告我们：天黑了，猪饿了，快采猪草。看见他，我们果然发现真的天快黑了，于是赶紧停止了游戏，赶紧采猪草。那时，我们采猪草回家，大人是要给猪草篮子称秤的，分量不够是要被打屁股的。感谢天上朋友的提醒和照明，我们采够了分量，猪没有挨饿，我们也保住了屁股的完好无损。你好，天上的朋友，今后我们就管你叫"猪草星"了……

这些都是属于我们自己的秘密星座，他们不会被任何天文学家认同，也不被我们之外的任何人所知，但是曾经他们就是离我们心灵最近的星星。我们招一下手，他就陪伴我们回家；我们对着天空喊一声，他就在很远的地方应答。在这无限的宇宙里，谁拥有只属于自己的秘密星座呢？但是我们拥有，那是在童年，在现实世界里

我们一无所有，但我们是宇宙的主人，整个星空都是我们的，全部星座都是我们的，所有星座都是我们的幸运星座。在我们的星空里，没有帝王将相的位置，没有富翁权贵的位置，没有升官发财的位置，没有赢者通吃的位置。我们不知道这个世界还有谁是比我们更权威的帝王和更富有的富翁。是的，在童年，整个星空都是我们的……

七

数星星：这是一个普及了的项目，天下的孩子都数过星星，都清点过自己童年的家产，他们在地上还一无所有，孩子的家产全在天上，因此都很认真地守护，几乎是夜夜清点，月月盘点。

我们就经常坐在场院里，或躺在草地上，或站在田野上，仔细地数啊数啊，你想想那是多么伟大的数学。孩子们在丈量天河，在审计上帝，在管理宇宙，在指点神灵，在统计星空，孩子们在认真清点他们心灵的家产！我们总是如醉如痴地数着，可是谁也没有数清过，因为这家产实在太大了，它是无限的。无限是无法清点的，盛满纯真梦想的心灵是无法清点的。

后来我们长大了，据说懂事了成熟了，就渐渐放弃了天上的家产，只认极少的几个星座为自己的"关系户"，比如财富座、权力座、寿命座。目的越来越实用，账目越来越琐碎，口诀越来越庸俗，公式越来越势利。我们对自己曾经存放了无限家产的星空，渐渐放弃了，懒得望上一眼，生怕耽误了发财升官的伟大事业。最后，我们的手基本交给了钱，交给了市场，我们的心也交给了成功口诀、财富方程、得失算计。数星星成为远古的神话传说，数钱成为"唯此为大"之事，曾经，属于我们的无限星空，被我们清点过的那些美好的星星，我们已经完全丢失。现在，我们的手里，只剩下几沓钱；我们的心里，经过加减乘除混合运算，只剩下一堆焦虑，一串负数，一片虚无——

当然，也并非、绝非全然如此。我不应该以童话和天文学视角评说充满艰辛和焦虑的现实人生。先哲曾说："怜我世人，忧患实多。"星空下，多的是负重跋涉的劳碌身影，也不乏仰望星空而思接千秋的诗人之心。总有那些心灵高洁、精神宽阔的人，他既要为沉重的现世人生服役，担当起那些无法逃避的琐碎和劳碌，同时，他也有着超越的情怀和诗性的向往。他内心的河流经常向过去倒流，向清澈倒流，向童年倒流，他渴望看见童年的星空，并融入那永恒星空……

牛背上的日落

我曾经骑在黄牛背上看故乡的日落。时至今天，几十年过去了，我在任何地方看落日，都觉得唯有童年的那个落日圆，落得慢，落下去的弧线也好看、有诗意——那是沿着一头牛脊背的弧度落下去的温柔弧线。

我骑在牛背上，走在故乡原野，一只紫色燕子降落在我八岁的肩上——它误以为我是牛背上刚刚生长出来的春天的一株小柳树（而我是熟悉并喜欢它的，它是我家屋梁上的燕子）。我静静地接受它温柔的站立。这美丽的邂逅，使它在我肩上站立达一分钟之久。那短暂的一分钟，是我比许多人的一生里多出的奇异的、不可思议的一分钟。即使我的一生都是失败的，但有了这天真、纯洁、美好的一分钟，我的生命依然值得肯定。因为，曾经，有一分钟，我的生命完全变成了一首诗。

在我不认识几条路的时候，我放牛，我跟着牛走，牛准确地领我到达青草茂密的山梁，牛吃草，我就站在高高的山上遥望故乡。

李汉荣
散文精选

后来，我离开了牛，离开了故乡，我再也没有到过那座山岗——此刻，透过城市的雾霭，穿越岁月的失地，我久久仰望我的童年和我的牛——我看见，他们还站在当年的山岗，久久眺望着我，眺望着他们的后来。

我曾经用大人的鞭子打过牛，在布满伤痕的牛身上，我又制造了细小的红肿。那痛上的痛，引起一头牛的战栗和它对一个小孩的吃惊。那一刻，我多多少少加剧了世界的痛感。但是，忠厚的牛很快原谅了我，与我和好如初。后来，这头可怜的牛老了，不能拉犁了，人们杀死了它，我们就吃掉了那头老去的牛的最后一点肉，包括它的肉里藏着的那些痛，都被我们吃掉了。似乎，我和一头牛的关系早已了结了，然而，几十年过去了，我心里仍深藏着对一头牛的一份愧疚——那头牛，它没有丝毫对不起我的地方，而我，却是实实在在对不起它。

我八岁时，放了两个月牛。我感到牛的本领比我大多了，我不认识的路牛认得，我跟在牛后面，准能找到青草茂密的山湾，在大地湾，我看到了我一生里见过的好看的草坡和春光；我不敢爬的坡牛敢爬，牛用它结实的尾巴拉扯我爬上山梁，在凤凰山山顶，我到达了我童年的海拔；我不敢走夜路牛就给我壮胆，它走一会儿就"哞哞"喊几声，把密集的星星都喊到了我们头顶，月亮就挂在它弓一样的犄角上，一路都打着灯笼为我们照明。

我觉得牛的缺点是不太讲卫生，走到哪里都要在地上拉些或稠或稀的牛粪，就像我长大后看见有人到了一个地方就要写上"到此一游"以示留念，我曾建议牛改掉这个缺点。但是，后来我明白

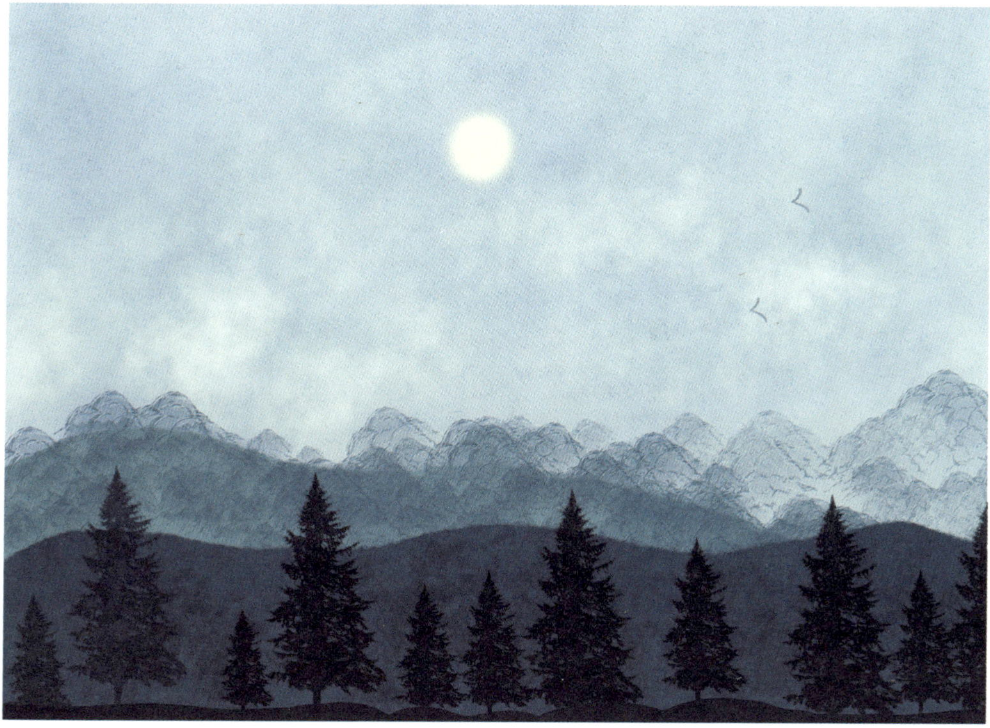

林子那么静,

那么深,

那么神秘,

又那么空灵。

了，那不是牛的缺点，实在是牛的优点和美德：牛不愿意将珍贵的牛粪固定存放在一个地方——在牛的心里，它一定认为它到处吃了那么多可口芳香的青草，才酿造了肚子里的这些宝贝，它既不能私藏，也不能浪费，它要均匀地返还给它曾吃过草的一切地方，让它们都变得肥沃，多生些草木，多开些花朵，多长些庄稼，算是它对吃过草的地方的报偿。

当我在几千里之外的地方旅行，看见这里的商店也在卖着我家乡出产的"巴山美味牛肉干"，心里就会"咯噔"一下，涌起难以名状的心绪。也许，我的乡亲们放的那些牛，我小时候放过的那些牛的后代，说不定，就装在这些密封的塑料袋子里。一头头牛，它们生前足不出山，死后却驰骋万里，以"美味"的方式，改变着人们的口感，并深入他们的身体。牛在死后得以漫游天下，这是不幸的牛比人幸运的地方：人死了，立即埋进土里，彻底消失；牛死了，却漫游四方，被万人分享。假若"万物有灵"这古老的信仰是真的，那么，牛的灵魂已遍布天下，驻扎在所有人的身上。

采 青

头天晚上就要把镰刀磨好，第二天鸡叫二遍，起床做饭，吃了饭，扛起尖担，腰里别上镰刀和干粮（多数是几块锅盔，也有的是米饭），踏着月光和露水，走过田野，过了小河，再走一片起伏的田野，天渐渐亮了，这支采青队伍也进山了。

山在原野尽头陡然升起，没什么铺垫和过渡，一下子就竖了起来，像一把把长短不一的锥子，戳向天空，就觉得这样的突兀和凶狠有点不应该，有点没来头，有点不厚道。小时候，没进过山之前，站在家门口看远处的山那气势汹汹的样子，就担心若是有人爬上那个山顶，很有可能会被那尖锥子扎破肚子，鸟若是飞得太快也会被剐烂翅膀。多亏月亮与山顶保持了不远不近的距离，不然会被割成碎片掉下来，黑夜就黑得没救了。

随了大人上山采青，才知道真正的山并不是我以前想的样子，山站立得很有道理，即使很陡的山，也有它陡的道理，它是做了认真准备才陡立起来的。我们沿着瘦瘦的山路，在山的身上缠绕，转

一个弯是一种感觉，再转一个弯又是一种感觉，好像每一匹山色都是不一样的，重重叠叠的山，就像颜色深浅不同的青布蓝布折放在一起。我们是在一层层抖开的散发着清香的草青色布里行走着。

妇女和姑娘，力气小一些，到半山就停下开始采青，我虽是小孩，却贪爱山色，一直随大人往深处钻，往高处爬。白云在半山腰以上就起了絮，往上就成了朵，再往上朵连成了垛，渐渐垛与垛相连、相叠，就成了墙垛，成了车船，涌动着，翻飞着，变化出各种形状，有好多是我没有见过也叫不出名字的形状。山顶已被棉花的波浪淹没。我们继续往上爬。

这时往下看，已经看不见那些妇女、姑娘，她们早已失踪在白云里了，如果她们看我们，一定觉得我们已经去了天上，被白云卷走了。

快到山顶，我们停下来，青草茂密得已经拦路不许我们再走了，我们不正是要找草吗？这么多的草、这么好的草，在这里等着我们，等了多久了，现在开始纠缠我们，要随我们一同下山。

我和父亲、杨贵元爷爷、成业叔叔、李正文哥哥、保元表哥等十几位乡亲，各自隔开一段距离，放下尖担、干粮，作为各自的根据地，挥动镰刀将四周青草一层层放倒。云絮在身边飘动、聚散，时不时有一只鸟从前面草丛里惊飞，我们吓它一跳，它也吓我们一跳。湿漉漉的青草一碰上镰刀的刃口，嚓嚓几声就倒下了，刚才那么精神的草，很快柔软地倒在我们手里，这时候，我忽然觉得对不起它们。也许它们阻拦我们并不是想与我们一同下山，而是阻拦我们不让我们上山，这是它们的家，它们抗议我们闯进它们家里，而

李汉荣
散文精选

且是带着凶器闯进来的。我心里又想,草待在这里也会被牛吃掉,我们到这里来,是代表牛请它们下山,反正牛是吃草的,草是养牛的,用贵元爷爷的话说就是它们各有天命,能够各尽天命,就是福气。贵元爷爷的话我半懂不懂,但五十多岁长辈的话总不是乱说的,他的话,让我心安了许多,我手里的镰刀也不那么迟疑了,好像也把道理想通了。

我们把割倒的草铺开晾晒在阳光下,满山的青草色,满山的青草香。太阳朗朗地照在草上,青草的清香渐渐蒸腾出热烘烘的浓香,有点像父亲酿黄酒时,从用被子紧捂着的酒缸里漏出的酒味儿,香里带着点甜,甜里带着点辣,漫山遍野笼罩在这好闻的酒香里,我们都有点醉了。

太阳偏西,草快晒干了,我们在山泉边阴凉处,喝泉水,吃干粮,歇息。然后,将晒干的草用绳子捆成捆,用尖担挑着,晃悠悠下山。在烈日下忙了一天,割草时已经用去了一多半力气,此时还要挑着草担赶路,人还是很累的。路边的溪水哼着自编的曲子往山下走,大人们受了启发,也边走边哼唱一些山歌,或是俏皮风趣的情歌,哼唱的节奏调节着脚下的步子,步子踏着节奏移动,就仿佛不是在起伏不平的山路上行走,而是在一首曲子里,在一个风情故事里漫游,歌声就这样冲抵了乏累,单纯的快乐在劳动中生发。路似乎缩短了,因为山歌被反复接续,即兴填进的歌词有对此次朝山过程的夸张描写和对最近村里事件的喜剧式褒贬。山歌的内容与草担下的人们有着好玩的关联,听着听着就有人笑起来。曲子被续长了许多,山路就被曲子缩短了,耳朵还在无意识地等下一段,眼睛

却看见已走出山口，远远地看见河对岸的家了。

我多次随大人们上山采青，那是很累的活儿，但也是很有意思的活儿。人在满山草色中，在满山露水中，在满山白云中，在满山鸟鸣中，如果你正好与有趣的人在一起，你会在浓郁草香里呼吸到民间的古老风情，那是真正来自广袤泥土的草根文化。

我最后一次上山采青，是考上大学后1978年的第一个暑假，这次是一个人上山，有一点告别的意思。我估计以后不会再从事这种劳动了，我很认真地面对向我涌来的每一丛草，不无怜惜地割下它们，它们当然不知道这大约是我最后一次用这种方式和它们相遇。当然它们用不着伤感，说到底是我失去了它们，而它们则一如既往地守着这里的水土，岁岁涌翠，年年返青，使我们总能抬头看见那令人肃然起敬的青山。

果然，那次之后，我再没有采过青，我竟然真的告别了这古老的劳动。别人可能会说我解脱了，我当时也有解脱的感觉。但是，时光如水，年轮倒转，我如今彻底明白：青草失去我，青草仍是青草，青山没有我，青山仍是青山。但是，我失去了青草和青山，生命里再没有了葱翠和露水，再没有了荡胸的白云、润心的清泉和那漫过古今的草的清香。

那时候，我的面前，我的四周，我的怀抱里，有过那么多的青草，那么好的山色……

辑四　人间温情在

外婆说，将月亮手把手教给我的画下来，改天给我乖娃娃绣在书包上，你在夏天就感觉凉快。将太阳手把手教给我的，绣成被套，你冬天盖着暖和。

外婆的手纹

外婆的针线活做得好,周围的人们都说:她的手艺好。

外婆做的衣服不仅合身,而且好看。好看,就是有美感,有艺术性,不过,乡里人不这样说,只说好看。好看,好像是简单的说法,其实要得到这个评价,是很不容易的。

外婆说,人在找一件合适的衣服,衣服也在找那个合适的人,找到了,人满意,衣服也满意:人好看,衣服也好看。

她认为,一匹布要变成一件好衣裳,如同一个人要变成一个好人,都要下点功夫。无论做衣或做人,心里都要有一个"样式",才能做好。

外婆做衣服是那么细致耐心,从量到裁到缝,她好像都在用心体会布的心情。一匹布要变成一件衣服,它的心情肯定也是激动的,充满着期待,或许还有几分胆怯和恐惧:要是变得不伦不类,甚至很丑陋,布的名誉和尊严就毁了,那时,布也许是很伤心的。

记忆中,每次缝衣,外婆都要先洗手,把自己的衣服穿得整整齐齐，身子也尽量坐得端正。外婆总是坐在光线敞亮的地方做针线活。她特别喜欢坐在院场里，在高高的天空下面做小小的衣服，外婆的神情显得朴素、虔诚，而且有几分庄严。

在我的童年，穿新衣是在盛大的节日，只有在春节、生日的时候，才有可能穿一件新衣。旧衣服、补丁衣服是我们日常的服装。我们穿着打满补丁的衣服也不感到委屈，这一方面是因为人们都过着打补丁的日子，另一方面，是因为外婆在为我们补衣的时候，精心搭配着每一个补丁的颜色和形状，她把补丁衣服做成了好看的艺术品。

现在回想起来，在那些打满补丁的岁月里，外婆依然坚持着她朴素的美学，她以她心目中的"样式"缝补着生活。

除了缝大件衣服，外婆还会绣花，鞋垫、枕套、被面、床单、围裙都有外婆绣的各种图案。

外婆的"艺术灵感"来自她的内心，也来自大自然。燕子和各种鸟儿飞过头顶，它们的叫声和影子落在外婆的心上和手上，外婆就顺手用针线把它们临摹下来。外婆常常凝视着天空的云朵出神，她手中的针线一动不动，布，安静地在一旁等待着。忽然有一声鸟叫或别的什么声音，外婆如梦初醒般地把目光从云端收回，细针密线地绣啊绣啊，要不了一会儿，天上的图案就重现在她的手中。读过中学的舅舅说过，你外婆的手艺是从天上学来的。

那年秋天，我上小学，外婆送给我的礼物是一双鞋垫和一个枕套。鞋垫上绣着一汪泉水，泉边生着一丛水仙，泉水里游着两条鱼儿。我说，外婆，我的脚泡在水里，会冻坏的。外婆说，孩子，泉

水冬暖夏凉，冬天，你就想着脚底下有温水流淌；夏天呢，有清凉在脚底下护着你。你走到哪里，鱼就陪你走到哪里，有鱼的地方你就不会口渴。

枕套上绣着月宫，桂花树下，蹲着一只兔子，它在月宫里，在云端，望着人间，望着我，到夜晚，它就守着我的梦境。

外婆用细针密线把天上人间的好东西都收拢来，贴紧我的身体。贴紧我身体的，是外婆密密的手纹，是她密密的心情。

直到今天，我还保存着我童年时的一双鞋垫。那是我的私人文物。我保存着它们，保存着外婆的手纹。遗憾的是，由于时间过去三十年之久，它们已经变得破旧，真如文物那样脆弱易碎。只是那泉水依旧荡漾着，贴近它，似乎能听见隐隐水声，两条小鱼仍然没有长大，一直游在岁月的深处；几丛欲开未开的水仙，仍是欲开未开，就那样停在外婆的呼吸里，外婆，就这样把一种花保存在季节之外。

我让妻子学着用针线把它们临摹下来，仿做几双，一双留下作为家庭文物，还有的让女儿用。可是我的妻子从来没用过针线，而且家里多年来就没有针线。妻子说，商店里多的是鞋垫，电脑画图也很好看。现在，谁还动手做这种活。这早已是过时的手艺了。女儿在一旁附和：早已过时了。

我买回针线，我要亲手"复制"我们的文物。我把图案临摹在布上。然后，我一针一线地绣起来。我静下来，沉入外婆可能有的那种心境。或许是孤寂和悲苦的，在孤寂和悲苦中，沉淀出一种仁慈、安详和宁静。

李 汉 荣

散 文 精 选

  我一针一线临摹着外婆的手纹外婆的心境。泉，淙淙地涌出来。鱼，轻轻地游过来。水仙，欲开未开着，含着永远的期待。我的手纹，努力接近和重叠着外婆的手纹。她冰凉的手从远方伸过来，接通了我手上的温度。

  注定要失传吗？这手艺，这手纹。

  我看见天空上，永不会失传的云朵和月光。

  我看见水里的鱼游过来，水仙欲开未开。

  我隐隐触到了外婆的手。那永不失传的手上的温度。

竹影与外婆

下午的阳光透过竹叶洒在小院里,做针线活的外婆身上,写满了一个一个的"个"字。我刚刚上小学,认得"个"字,就喊:外婆,外婆,谁在你身上写"个"字哩,一遍遍地写,还在写哩。

外婆抬起头,一时回不了神,好像在一个梦境里走不出来,愣了好一会儿,才说:谁写呢?老天爷在写哩,太阳在写哩,我也在写哩。

我蹲在外婆身边,看见外婆正在为我绣被套,被套上绣了好多竹影,好多"个"字,竹影打在布上,打在外婆的手边,外婆的针线追着竹影,把一个个竹影挽留了下来。

我说,外婆手这么巧,谁教你的?

外婆说:你没看见么,老天爷手把手在教我呢,太阳在教我呢。

到了夜晚,月亮出来了,凉风飒飒,竹影横斜,月光透过竹叶洒在院子里,满地的竹影,满地的"个"字。外婆端了竹凳坐下,竹影洒了她一身。外婆展开一块新布，用铅笔将布上的一个个竹影描下来。

见我好奇，外婆说，将月亮手把手教给我的画下来，改天给我乖娃娃绣在书包上，你在夏天就感觉凉快。将太阳手把手教给我的，绣成被套，你冬天盖着暖和。

……

外婆已去世多年，老家门前那片竹林也早被砍伐，铺上了僵硬的水泥。

我想，这世上无疑还是有不少竹子的。阳光和月光还会透过竹叶，不厌其烦地写着一个个"个"字，写着无数竹影。

但是，全世界的阳光和月光下，也许，已经没有一个外婆那样的人了。

我们已经不屑于让阳光和月光手把手教自己什么了。

我们已经不屑于一笔一画捕捉那温暖的和清凉的竹影。

我们已经顾不得在时光和情感的深潭边，放慢步子，逗留片刻，打捞和挽留那别有意味的倒影。

我们已经把一切交给市场、速度、机械和电子。

我们不需要自然之手和神性之手手把手教我们什么。

我们把手交给权力，交给金钱，交给欲望，交给层出不穷的本能冲动。

我们最熟练的一个动作：梦里都把手伸给钱，手把手数钱。

我感叹时光之河流逝得如此之快，更感叹人性和人心变异得如此之快。

我把几十年前外婆的故事讲出来,后生小儿竟如听天书,如听上古神话和传说。

　　但那的的确确是真的。我童年的梦是罩着她的竹影的,我童年的书是被她竹影里的风吹拂着的。

　　让我们回想那一双手,那是一双怎样干净、温暖、谦逊的手,那是一双接通天地灵性的手。

　　在午后,在月下,那双手,虔敬地伸向横斜竹影里,接受内心之神的教诲,接受天意的启示。在那天地清明、内心清澈的时刻,她笼罩在一种深沉而神秘的意境里,一缕温润真挚的情思,自心底油然而生,化作手指的微妙触觉和战栗。于是,她满眼满身满手满心,都是从天上降落的竹影,都是从心中生成的竹影。

　　世上再没有一双手,在午后,在月下,虔敬地伸向如梦如幻的竹影……

葫芦架下的母亲

初夏的早晨,我妈吃过饭,就在门前院子葫芦架下,坐在竹凳上为我们缝补衣服,哥哥的书包带子断了,我妈要给接上;我的裤子膝盖上磨了个小洞,我妈要给修补;爹的衬衣,姐姐的枕巾,妈自己的布鞋,都望着妈手里的针线,等着她去连缀,去重新出落得完好。

暖和的阳光洒在葫芦架上,嫩绿的叶子窸窸窣窣,嬉笑着伸开手掌互相抚摸,一高兴,它们手里捧了一夜的露珠,不小心洒了下来,有几颗刚好掉在我妈的脸上,我妈伸手抹了一下,放进嘴里。"好甜的天露水哟。"我妈叹了一声,又自言自语,"天意呀,天降甘露,今天怕是个好日子哩。"

我妈开始穿针走线了。葫芦叶子的影子,掉在妈的身上、手上,掉在针线篮里,掉在哥的书包上,掉在那些等待着的衣服上、裤子上、鞋子上、针线上,掉在妈的心思上。

我妈灵机一动,其实,也不是灵机一动,这在我妈已成习惯

了，是仅属于我妈的秘密习惯——我妈取来她的孩子们用的铅笔，将那从各个方向投影下来的葫芦叶子们画下来，就画在那接待影子的布上，若觉得掉在恰好的地方，好看，正合适点缀点什么，我妈就依照那样式，略加放大或缩小，一针一线缝好绣好，她的艺术品就成了。瞧，此时，被我那顽皮的膝盖磨破的裤子上的窟窿，正被一片翠绿的胖叶子补丁覆盖了，那本来寒碜的补丁，却成了有趣的、摇曳着的一片初夏的叶子。

快到正午了，几片叶子的影子，守在刚展开的姐姐的枕巾上，好像不愿走了，妈说：这是缘分和天意，咋不早不晚，偏偏就在这时，是这几片叶子，来到丫头的枕巾上，怕是要为她送些吉祥好梦？我妈就把这安静清凉的叶子，挽留在姐姐的枕上，挽留在她青春的梦边。

我妈爱说缘分、命、天意，却很少说运气之类，可是我要说，我哥的运气比我好，你看，这时候轮到我妈为他缝书包带了，一朵正在开着的葫芦花——它正在鼓足劲开花瓣儿，那花瓣儿还没开圆哩，它把还没有开完的花影儿匆忙地投在哥的书包上．我妈看见了，花就在她的手边颤呢，花心里还噙着亮晶晶的露珠儿，我妈抬起头，深情地望了望绿莹莹的葫芦架和蓝莹莹的天，然后把目光停在手边的葫芦花上，我妈微笑着，笑意、暖意和神秘的天意，满当当地漾在妈的脸上、心上。此时，我妈整个儿被一种比我们后来漫不经心挂在嘴上的所谓诗意呀，禅意呀，神性呀，禅悦呀等更为圆融深挚的情感暖流和纯真欢喜笼罩和充盈了，那是只有上苍能够给予的一种福气和喜气。

李汉荣
散文精选

我妈就把那刚开的花心里还噙着露珠的葫芦花，绣在我哥的书包上了。你说，我哥的运气多好？

我妈几乎不识字，仅认得一二三天地人山水田土木火上中下男女儿，就二十来个字，我妈没受过什么美学教育和艺术培训，但是，我妈有很纯正的美感，有她朴素的美学，我妈的美感和艺术灵感来自大自然，来自她劳作、生活的田野和山水，来自她对美的事物的直觉领悟。我家门前这菜园，这蓬勃着青藤绿叶黄花的葫芦架，就是我妈的美学课堂。就在此刻，在这个早晨，在葫芦架下，我妈凝神静气，感受着天意，进行着对大自然的模仿和美的创造……

拉着妈的手在田埂上走

很想拉着我妈的手，在春天的田埂上走走。前年，上前年，许多年，我每年都要拉着我妈，在故乡的田埂上走。

"多识于鸟兽草木之名"，是孔夫子的教导，他老人家的意思，是让我们在自然界多认识一些朋友。我妈不知道孔夫子怎么说，但是，盘点我认识的草木之名，许多都是我妈告诉我的。

我妈话不多，走在田野里，走在满目青翠和草木清香里，多言的人也会节制了语言，静下来，感受大自然更有感染力的无言诗教。在庄稼草木面前，话本来不多的我妈，话就更少了。但是我想听我妈多说几句话，将近九十岁的她，在我眼里，是一位从农耕社会一路走来、有着古风古德的古人。人活着，能听见古人古语，是很难得的福气。所以民间才有"老人是宝"的说法。因此，我常常提些问题，引逗我妈多说点话。自然，每次说的也不会太多，毕竟近九十岁的人了，中医说，"言多伤气"。

下面，是对记忆里若干次田野之行的整理和纪要。

李汉荣
散文精选

妈一边走，一边指着脚下的野花野草，说，这是荠荠菜，好吃；这是鱼腥草，好吃，还能清火；这是灯芯草，也清火，茬子硬，不能吃；这是紫云英草，猪爱吃，人也能吃；这是野草莓，也叫长虫奶奶，不过谁也没见过长虫（蛇）吃这奶奶，都被小孩儿们吃了，有时，大人们也吃，你谢婶婶八十五岁走的时候，嘴里嘟囔着，想吃一颗长虫奶奶，就是这个，有红的也有白的；这是麦冬，身上有火了，熬汤喝。正好，麦冬旁边，有几棵柴胡，在风里轻轻打着趔趄，像在给我们让路，妈妈伸手扶住柴胡，说：受寒发烧了，采点麦冬，加些柴胡，熬汤喝，很灵验。妈说，记住柴胡、麦冬的好，娘这一辈子，受寒起火，头痛脑热，它们没少帮忙。啥叫恩人？不图你的啥，好心拉你一把，就是恩人，这庄稼草木，就是我们的恩人。

鸡冠花、鹅儿肠草、狗蹄芽、狗尾巴草、马蹄莲、牛耳草、猪耳朵草、猫眼花……迎面向我们走来，村里的生灵们，鸡呀猫呀猪呀狗呀牛呀，都在田野里留下了姓名，也不枉它们陪着人活了一茬又一茬；那牵你衣袖的，是粘身草，也叫黏黏草，它是想留住你，留在老娘身边，把你留在这个春天。

这是水芹菜，也叫野芹菜；这是灰灰菜，样子害羞，小女娃似的，味道有点涩；这是断肠草，个头儿大，衣服明晃晃惹眼，有毒；这是野韭菜，比你爹种的韭菜要细，味道浓，一束是一束的，韭菜灵性，爱整齐，野韭菜也爱整齐；这是车前子，你认得的，田埂上，野地里，最多的就是车前子，它是一味药，能当野菜吃，猪也爱吃，猪吃了不生病，河边长，路边长，房前屋后长得到处都是，好亲热的邻居。（此时，我心里冒出个词"芳邻"，但我没说

出口，其实，妈妈心里对车前子的喜欢，超过这个词的意思；我当然没必要为我妈朗诵她没读过的《诗经》里关于车前子的句子，不过，妈知道，车前子从古代一路走来，到现在也没换衣裳，此时的车前子，还穿着上古的那身衣裳，还穿着《诗经》里的那身衣裳，田野里的草木，都还穿着上古的那身衣裳。草木们不变的本心和容颜，使我们的大地，在变动中保持了不变，让我们感到大地的熟悉和亲切，让我们在时代的震荡和变动不居中，还能看到可贵的不变和恒常，内心里才有了一份安宁和安稳。）

走过那一大片麦地，妈说，麦苗睡醒了，前一段蹬腿，伸腰，现在起身了，要长个子，绕开走，别踩疼了人家。麦田旁边的油菜田，有的已经开花了，妈说，那是省事早的，惊蛰一过，就灵性了，雨水一过，就有了心事。人家花开得早，人家聪明，是早慧的娃娃，像你表哥，刚满二十就成家立业了。花要是开得太早了也不好，谢得快，空壳壳多；人家不算早，开了个头，后面的，你看都攒足了劲，齐刷刷就要开，像过年放炮仗子一样，再过几天来看，麦田一身绿绸子，油菜田一身黄缎子，咋看咋好看。

我揽着我妈过了溪水上的小石桥，顺着田埂再走一会儿，到了漾河边，坐在河堤上就看见了一片柳林，笼着似烟似雾的东西，那就是古人说的柳烟吧？妈累了，没说话，我问她，柳林那边，我记得有一大片芦苇，还有好些竹林，咋不见了？妈说，就是，不见了，好多东西好端端的，说不见就不见了。就像你谢婶、贵元爷、彩庆姐、正文堂哥，说不见就不见了，没打个招呼就走了。

过了半年，我妈走了。

竹叶茶

夏天，母亲采回青嫩的竹叶，放在开水里煎一小会儿，就成了一锅清香、碧绿的竹叶茶。

母亲说，有病治病，无病防病。喝了这竹叶茶，再注意一点儿卫生，病就不会找你的麻烦。

母亲说，竹子是虚心的植物，喝了这竹叶茶，竹子的心性就进入了你的身体。学那竹子吧，虚心才长得高，虚心才通地气达天理，虚心才会发出悠扬的箫声和清越的笛声。

母亲说，竹子是正直的植物，根深深扎在地下，主干垂直地向天空攀援。大地有引力，天空也有引力，只服从大地的引力就长成了苔藓和杂草，既服从大地的引力又应和天空的引力，才长成这刚正伟岸的竹子。

母亲说，竹子是耐心的植物，它的路很陡，它走得很累，走几步就歇一会儿，就打一个记号，你看那些竹节，都是竹子在远行的路上打下的记号。

其实母亲没有说这么多话。母亲煎好了竹叶茶，只说了一句：孩子，喝碗竹叶茶吧，可好喝呢。

母亲的话淡淡的，就像那淡淡的竹叶茶。

但是我总觉得母亲是有很多话要说的，她把很多话都融进竹叶茶里。

或者母亲根本就没有话可说。她觉得生活是淡淡的。竹叶茶是淡淡的，人活着本身就是一件淡淡的事情。

或者母亲确实有话要说，只是找不到适当的语言，在淡淡的竹叶茶之外，在淡淡的生活里，母亲，一定还有一些浓浓的心事。

前面那几段话，是我为母亲拟的，也许是我希望听到的。孩提时代，人总是希望听到温暖的话，有趣的话，有益的话，聪明的孩子，还希望听到有诗意、有哲理的话。

前面那几段话，就是我为母亲拟的充满文化味儿的话。潜意识中，我是否希望我的母亲是一个饱读诗书的"贵夫人"？

但是我的母亲没有那么多的文化，也没有告诉我们什么哲理。

我的母亲只会在夏天来临的时候，默默地、安详地为我们煎一锅竹叶茶，然后淡淡地说：孩子，喝碗竹叶茶吧，可好喝呢。

前面那几段话，不像是我母亲说的，也不是我母亲说的。那是只要识字的人谁都可以在书本里抄录到的现成话。

又一个酷热的夏天来了。

我多么渴望回到故乡，回到母亲的身边，回到清风飒飒的竹林，捧起一碗清香的竹叶茶。我多么渴望听到母亲那句淡淡的话：孩子，喝竹叶茶吧，可好喝呢。

母亲的信仰

母亲是有信仰的人。虽然这种信仰有些混沌，处于"潜宗教"状态。这种"潜"的精神元素，恰恰根植于人的深邃的潜意识里，维系着人与宇宙万物的联系和感通。

大凡宗教都有它对宇宙的一套解释。由此抽象出一个代表本源和终极的神灵，这神灵成为精神、道德、善、爱、智慧的源泉，成为每个信徒心灵的向导和榜样。

那么，母亲的神灵是什么？

是"天"。母亲虔诚地敬天、爱天。记忆中，我从没有听见母亲说过天的坏话，即使在愁苦惨淡的日子里，母亲也常常说，天是有眼睛的，天不会绝人之路。遇到喜事，逢到快乐的时刻，母亲像孩子般的由衷高兴，目光和表情里洋溢着纯真的喜悦，还喃喃地说，天，真好。彩虹出现了，母亲说，天笑了，天也有好心情。打雷了，母亲说，天生气了，天在动怒，天在告诫世上的恶人不要作恶了。一次我问母亲，天的眼睛在哪里？母亲说，星星都是天的眼

睛，天的眼睛数不清。有这么多眼睛，天，把什么都能看清，蚂蚁虫虫都是天在养活着，要是天没眼睛，能照看这小不点儿的生灵吗？天造了一切，也包揽一切，一切似乎不可收拾的事情都由天收拾。"老天爷"，母亲一直是这样称呼天的，万事万物都是老天爷的小孙孙。皇帝、衙门老爷自然都算不了什么，也都是老天爷的小孙孙。母亲从来没有害怕过什么官呀长呀的，在"老天爷"面前，谁都是小小的一个虫儿，都没有什么了不起，除非你真是个好人，不然，母亲是不会敬你的。对天的信仰，使母亲天然地成为一个"齐物论"者，一个平等主义者。也天然地排除了常人易染的奴性，使她能以一种平常心面对天地万物，面对是非曲直。在孤苦无助的时候，母亲脱口而出的一句话是，天哪！她显然是在求助于天，或者是将愁苦的心情昭告于天。或者是把自己无法承担的命运重压转移给天，让天替她承担。我觉得，"天啊"这两个字。浓缩着母亲潜意识里对命运对生命对无限未知的全部的恐惧、疑惑和浩叹。

不能说母亲不祈祷，她有自己的祈祷方式，她有自己的仪式。劳动，就是祈祷。俯身插秧、锄苗、洗衣的时候，那正是母亲在祈祷。大地是教堂，万物都是有神性的，母亲以虔诚爱惜的心情面对一泓水、一株草、一片庄稼、一朵野花以及一只鸟。一只蜜蜂蝴蝶从她眼前飞过，都会引起她一阵惊喜和神秘感。母亲从来不伤害小生灵，她说，它们也是天生的，它们也有自己的天命和灵性。母亲劳动的时候，总是有着愉快的心情，除非太劳累，母亲很少厌恶劳动。母亲最喜欢在清晨下地干活，她在植物和露水里劳作着，微笑着，满眼的绿色，满手的露水，这是芳香和透明的时刻。我想，此

李汉荣
散文精选

时此刻，母亲的内心也是芳香和透明的，这正是信徒的灵魂受神性之光洗礼而达到的高度净化并满溢着神性喜悦的时刻。母亲也喜欢洗衣服，特别喜欢在小河边洗衣服。河水流着，如千年万年前那样流着。母亲在洗衣，母亲把"此刻"放进水里漂洗，把生活放进水里漂洗。千年万年的水流过母亲的手心手背，永恒流过母亲的内心，这是没有时间的时刻，随着流水，母亲的心汇入了千年万载没有始终的混沌时间。我曾默默注视母亲洗衣的神态，她全神贯注，认真搓洗着手中的衣服，仿佛要洗尽生活中的烦恼和尘垢，哦，母亲膜拜着人性的清澈。洗衣的时候，母亲的眼睛从不左顾右盼，她凝视着眼前流过的水，手中掬起的水——哦，永远的河流，在手心里稍驻，然后又滴落，流逝，到不可知的远方。有一次，我问在河边洗衣的母亲，妈妈，你怕死吗？母亲说，有一些怕，死了，就听不见河水的声音了。我说，那怎么办呢？母亲说，我想永远永远活下去，她做了个手势，两只手比画着两个相反的方向，那意思是说，岁月和生命从一个方向向另一个方向无限展开。哦，母亲也向往永恒和不朽！那一刻我真的很感动，我一直认为识字不多的母亲没有宗教感和无限感，生死观也很混沌，想不到母亲有如此深刻的时间意识和宗教体验，而且表达得如此富有诗意。她又抬起眼望着河的下游，说，人要像河一样，永远永远流下去，不断流，流回来，又是一条河。哦，母亲在河边洗衣，她是在祈祷，向流水祈祷，向时间祈祷，母亲的心里，也奔涌着一条无始无终的生命之河。

她生活在大自然中，大自然就是一座教堂。她热爱、怜惜大自

然中一切美好的事物，一切美好的事物又启示、丰富、培育了她的心灵。劳动就是祈祷，四时八节都是神性的季节，山川草木、日月星辰都与她一同走在迢迢无尽头的天路上，也走在迢迢无尽头的心路上。

母亲有着丰富的想象力。对月亮，对北斗星，对天河（即银河），对一切微观世界和宏观宇宙的现象，母亲都有自己的一套说法。有的很天真，有的很神秘，有的很迷信。无疑，许多说法都是非科学非理性的，但它们来自心灵，来自直觉，它们是诗意的，是灵性的，是充满神性的。这些说法，化解了母亲对宇宙的畏惧和困惑，使她以一种诗意的、想象的方式和宇宙万物建立了心灵联系，使她能够对在本质上她不能理解的世界有了自己的理解和"知识谱系"，她有了自己的宇宙学、伦理学和朴素的美学。

在我眼里，纯朴温柔善良的母亲，在道德上已达到至善境界。她的想象力，她对自然万物亲和、空灵的感应方式，她朦胧的诗意心境，使她看上去更像是一位真正的诗人，虽然她不曾写过一句诗，甚至没有读过诗。

母亲是有信仰的人。

纺车记忆

在《辞海》的深处有它的芳名和生平，还有附图，说明它的结构、部件名称及功能。我从它的身边刚一转身，它已被潮水卷走，只在文化的深海里，占据着一个小小的位置。

然而在深远的天空下，在古中国世世代代的生活里，都有纺车摇动、旋转的身影。它嗡嗡的声音，混合着雨的声音、雪的声音、风的声音、河流的声音，也混合着蚕的声音、鸡叫的声音、檐滴的声音、家燕筑巢的声音、狗吠的声音，有时混合着远处兵戈的声音、杀伐的声音，而当新桃换了旧符，江山易主，受惊的人们回过神来，忽然听见，有一种声音仍那样平和、缓慢、均匀。它偶尔被打断，但不会终止，天上的雷电，地上的暴君，都很短暂，只有一种声音如河流般涌动，听听，这是纺车的声音，在无数个角落响起：嗡嗡嗡，嗡嗡嗡……

历史纵有千万页厚，无穷厚，你随意打开一页，都会发现，它的根部，都由素朴的线连缀、装订。

即使再冰冷的段落，它的后面都有一根温暖的线索在缠绕、劝说。

即使再暴戾的王朝，它的侧面都坐着一架忠厚的纺车，等着为它绾结。

在那些耕读的日子，稻香掺和着书香的日子，农人的布衣飘举成田园的经典，而书生的青衫，正是一首诗的警句。

就这样，母亲们的手，世世代代摇着纺车，节奏温柔，动作稳重，使大起大落的历史，不至于眩晕和昏迷，而保持了正常的呼吸和匀称的心跳。

你见过纺车吗？你见过纺织的母亲吗？

是那样简单的造型，但又遵循着天道运行的深奥原理。转上去，用力，到了高点，又转下来，回到起点；然后，又用力，再转上去。如此周而复始，如昼尽夜来，日沉月升，宇宙不息；如祖先远去，儿孙降临，姓氏绵延。

轮回着，轮回着，就这样，纺车像一个得道的高人，向我们足不出户的母亲，讲授着天地人生的大学问。

想想，在八百年前，一千五百年前和更古远的深夜，天地睡了，王朝睡了，微明的烛光里，那弯腰摇动纺车的母亲，在静止的时光里，她一次次画着最生动的弧线，沿着她的手臂，一条长长的线，在无限延伸，将人间灯火和天上银河连接起来，将此时此刻和万古千秋连接起来；她的手温覆盖了裸身的时间，于是，连传说里的天神都有了合身的衣裳。

我记得小时候，我母亲纺线时的神态——

李汉荣
散文精选

　　她专注的眼神，没有语言能够形容。她看着左手的棉芯被纺车一点点抽成白色的细线，稍不留意，线拉断，又得从头再来。她看着棉一寸寸变成线，她目送着棉花不断地离开自己，变成线，变成布，变成衣服，变成生活的颜色和款式。于今想来，历史的经经纬纬，都是母亲的目光织就。

　　她庄重的姿势，同样没有语言能够形容。她右手摇动纺车，左手抽出丝线，气定神凝，面容安和。不同于虔敬，她并没有面对一个神灵或祖先，她面对的是棉和纺车，是生活本身，因此这庄重是对生活本身的尊敬，是对这劳作过程的尊敬。我母亲不是大家闺秀，并没有受过诗书礼乐的熏陶，但我的母亲坐有坐相，站有站相，静时如佛，动时如仙，日常生活里有着自然而然的风度和礼仪，这是为什么？我只能说与传承了数千年的民间风情有关，也与纺车有关，与有节奏、有经纬的劳动有关。这种劳动不教唆人的贪心和轻狂，而让人变得知守常，懂规矩，有敬畏。如这纺车，有行有止，有动有静；如那棉花，由棉而线，由线而布，由布而衣，一生的路，都守着贞洁的情操和柔软的心意。

　　我记得纺线的母亲。

　　我记得那古老的纺车……

父亲和他用过的农具

父亲当过兵、做过矿工,后大半生一直务农。父亲已经快八十岁,干不了农活了,他用过的农具也都退休了,有的已经朽坏,当作"废物"处理了,有的还保存着,安静地躺在不起眼的角落里,抚摸它们,像抚摸父亲经历的那些岁月,像抚摸土地的记忆……

锄　头

弯月形的,像下弦月,锄把一动,又是上弦月了。是锄坡地用的锄头,据说这种锄头用了至少两千年了,是先人们最早发明的铁器之一。坡地不宜挖得太深,那会造成腐殖土流失,弯月形锄头刃口浅,挖地时点到为止,正合浅山农人使用。我用过这种锄头,挖下去,土顺从地随着刃口起伏,杂草认错似的倒下来,又似乎有点委屈,根仍然抓着土,抓着记忆里的水分。庄稼们兴奋地招手,好像看见了白昼的月亮。在天黑的时候扛着这种锄头劳动或走路,人

李汉荣

散文精选

就不容易疲倦，你随时可以用锄头敲击什么，敲敲石头，敲敲树木，敲敲电线杆，有时不声不响，那一定是你用锄头在敲击自己的内心。当月亮出来了，月光照在锄头上，锄头被镀成一个月亮，你是扛着月亮走在路上。为什么土地上的人们再苦再累也不绝望？我就想，肯定是因为他们和月亮的关系，天上有月亮，手里也或多或少握着一点月光，哪怕是握着月亮的影子，人就对日子有了念想。先人们把手中的农具打磨成月亮的样子，按照天上的梦境安排人间的生活，有点理想主义，也很有诗意。大概先人们——很早以前的先人们，就以这种农具为后人立下了遗嘱：活下去，有月亮在，有月亮的影子在，夜再黑，也不会黑得伸手不见五指。

父亲那一代农人，以及更早的农人，把这种锄头叫作月牙锄。

镐

它的造型简单。一块铁，中间打一个孔，镶入木柄，就成了农具。这是铁与木头的朴素结盟，通过手，铁深入泥土，闯荡荒野，一直进入农业的深处。一端较粗，有温和的刃；另一端较细，有锋利的尖。它的这种结构既令人想起农人忠厚的一面和狡黠的另一面，也令人想起文明可爱的一面和残忍的另一面。镐主要用于开荒和取石这类比较原始而沉重的劳作。后来，修铁路的人们也用它开山拓路。我曾看见一个工人用铁镐在刚刚铺好的铁轨上连敲了几下，当当当，那声音响亮浑厚，也有一点凄凉，这是铁向铁问候，也是铁在向铁诉说苦衷。我们只知道使用铁，敲打铁，锃亮的铁渐

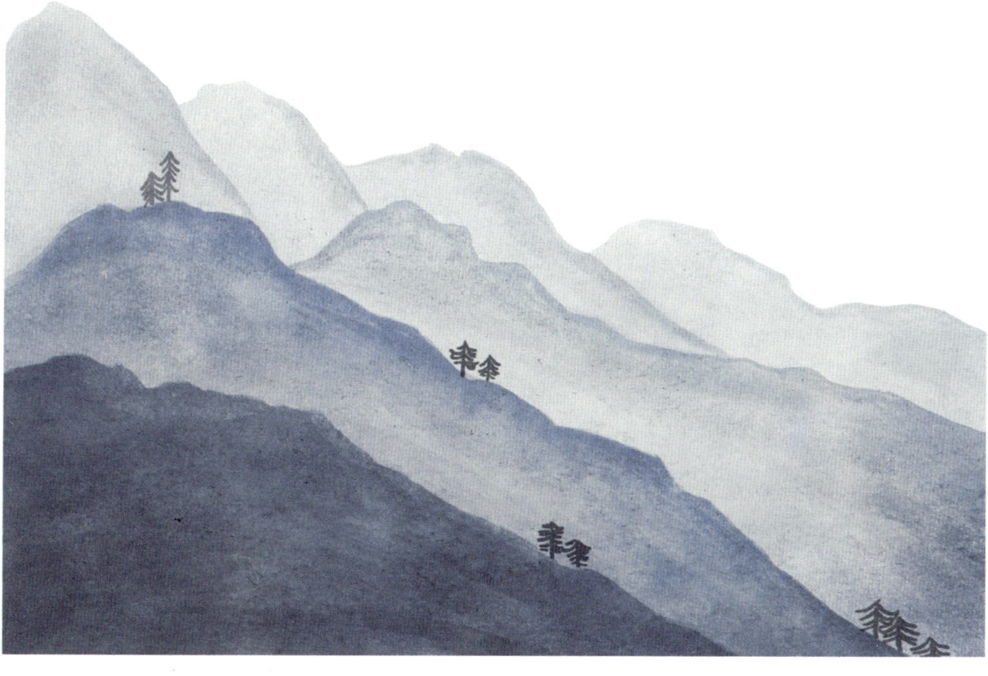

而你依旧站在

你地老天荒的沉默里,

站在你崇高的孤独里。

渐变成碎屑和铁末,谁注意过铁的痛苦呢?

铁　锹

　　主要用于翻地或取土。像手掌一样卖力地深入泥土,令人想起世世代代那些在泥土里出没的手。有时,也会将土里冬眠的蛇扎成两半,那些正在生育的昆虫也会因为它的到来慌成一团,甚至家破人亡,每当这时候,父亲那双粗糙的手会不会战栗呢?这不是铁的过错,也不全是父亲的过错。土地原谅了这些过错,土地在暗中帮助那些受伤害的弱小生灵,我们总能随处看见它们谦卑勤劳的身影。而土地也以它含蓄的方式,告诫我们不可在大地上用力过猛,下手的时候要轻一些、仁慈一些。土地是怎样劝说我们的呢?你看,土地悄悄地在铁锹的刃口敷了一层土黄色的泥锈,土地不愿意看见我们扛着过于尖锐锋利的家伙与它打交道。

犁　铧

　　犁铧,如名字一样,它正是由犁与铧两部分组成。犁,字形准确无误地解释了这个字,它是与牛有关系的,确切地说,犁就是套在牛身上的一种类似于枷锁的农具,它由牛轭、犁杠、缰绳构成,通过它,牛从自然界的动物变成农业的成员,成为土地的服役者。铧,是犁的末端部分,是进入泥土的铁。犁地的时候,牛走在前面,犁铧跟在后面,农人又走在犁铧后面,脚踩犁沟,一手握着缰绳，一手扬着牛鞭，嘴里哼着牛歌，唯一忠实的听众是走在前面埋头拉犁的牛。"对牛弹琴"是一个蹩脚的比喻，父亲不理这种说法，他照样一心一意对牛唱歌。忠厚的牛并非全然没有听音乐的耳朵，它知道这是农人在与它谈心，向它问候。歇息的时候，牛卧在犁头边静静反刍，它是否在回忆往事？父亲靠在犁头上抽着旱烟，静静地望着远处的青山，他是否也在回忆往事？唉，人啊，牛啊，忙碌了一生，就赚了一笔记忆，供老了的时候反刍。

耙

长方形木框下面，钉满纵横排列的铁钉或木钉。用它将旱田和水田的坷垃碾细，也用于平整土地。操作方式与拉犁基本相同。不同的是，用犁耕地的时候农人是走在犁沟里，用耙碾地的时候农人是站在耙上面，靠牛的力气、人的重量、铁钉或木钉的锋利，将土地碾细或整平。我记得，耙田的时候是农人最潇洒的时候，耙在坎坷不平的土地上颠簸，农人随着耙的颠簸而颠簸，并努力在颠簸中保持平衡，农人的身体时而挺直，时而倾斜，时而左转，时而右旋，时而紧张，时而轻松，遇到急转弯，农人手挥牛鞭，鞭影在空中划过一道半圆，农人的身体随弯的展开也呈弓形，弯转过来了，农人又挺直了身子，牛歌悠悠从口中流出——这一过程很像在河水里放筏，峡谷里惊险，河湾里悠然，筏子客在风浪里与命运做着丰富的游戏。后来我看过芭蕾舞，我又觉得父亲耙田的姿势颇像一种芭蕾舞，甚至我觉得比舞台上的芭蕾演出更丰富也更生动，芭蕾舞

是再现生活和生命的美。而父亲耙田的时候，也就是说父亲上演他的芭蕾舞的时候，整个儿是在直接创造和呈现劳动与生命的美——沉默的牛是美的，唱着牛歌、手舞鞭梢、俯仰旋转着的父亲的身影是美的，从牛背上缓缓下沉的夕阳是美的，是那种含着淡淡伤感的美，甚至那从牛蹄和耙尖下溅起的泥浆也是美的，是那种朴素得近于原始的美。夕阳下起伏的泥浪散发着古老的芳香。

风　车

像一匹马站在院场里，走近一看，不是马，是风车。

它大约是农人用过的最精致最复杂的器具，手一摇，就有风吹出来，风是长着眼睛的，或者说，风是长着一颗灵敏的心的，风闭着眼睛，就能辨认出稻麦的轻重虚实，让饱满的颗粒和干瘪的颗粒各走各的出口，风闭着眼睛，就清点了一个季节的农业。

父亲到了老年，仍向人们叙说他年轻的时候与风车合谋干的一件趣事。夏日的一个夜晚，父亲在院场纳凉，看见一对相好的年轻男女也在院场边的柳树下纳凉。父亲躲在暗处，悄悄摇动风车，将风车的风口对准那一对男女，风吹起来，先是微风，接着是中风，最后是大风，然后，又是温柔的微风。那一对男女靠得更紧了，情话也十分柔软，父亲清楚地听见那年轻女子在月光里说：我们的事怕是成了，老天爷也成全我们，这么热的天，吹着这么清凉的风。

记得小时候，我和几个小孩经常围着风车反复揣摩研究：风究竟藏在风车的哪个部位，风肯定藏在风车里面，要不，怎么一摇就

李汉荣
散文精选

摇出风来，如同我们说话，总是在心里憋了许久，才说出来，说出来才畅快。但我们的研究一直没有结果，仍然不知道风车里的风藏在哪里。

直到有一天晚上，我和父亲在麦场里守夜，夜很深的时候，我起来撒尿，看见天上一轮月亮悬得很低，几乎要贴到附近的屋顶，月光里，风车孤独地站着，像一匹孤独的老马，无助地站在夜晚的风里。我情不自禁地说了一句：风车，你好孤独啊。

这时候才忽然明白，风藏在哪里，风藏在风车的孤独里。我们不知道别的事物的孤独和寂寞，当然更不知道一架风车的孤独和寂寞。鸟孤独了就在我们头顶鸣叫，水寂寞了就在石头上溅起水花，风车呢，就把它的孤独和寂寞转化成一阵一阵的风，吹向粮食，吹向岁月，吹向风车外面的风。

当我返回被窝，看见月光照在父亲熟睡的脸上，白发和皱纹突然变得那么醒目，父亲的一只手仍伸在被单外面，像要抓住梦境深处或梦境外面的某一样东西。我看看不远处的风车，又看看熟睡着显得疲倦的父亲，忍不住轻轻说了一声：父亲，你好孤独啊。

井　绳

通向月亮的路并不是美国航天局发现的。

在美国之前，甚至远在公元前，我们的先人就已经发现了接近月亮的最佳方式。

方法很简单。

只需要一眼井，一汪清澈的好水，一根井绳。

面对水井的时候，要让自己燥热、混乱、凶狠的心静下来，不要怀着总想征服什么的冲动，不要乱折腾，安静一些，内心清澈一些，低下你高傲的头，弯下你高贵的身子，你就会看见，从水里，从岁月深处，一轮干干净净的初月正向你升起，并渐渐走向你，走进你的生活。

美国航天局用了很大的劲爬上了月亮，只抓了几块冰冷的石头拿回来让人类看，让人类扫兴，让人类的神话和童话破灭，让孩子们面对冰冷的石头再不做美丽的梦。

美国航天局让人类离月亮越来越远，离石头越来越近。

我父亲不知道人类的宇航船在天上折腾些什么，我父亲心目中的月亮仍是古时候的那个月亮，那是神秘的月亮，是嫦娥的月亮，是吴刚的月亮。我不读诗的父亲也知道，李白打捞的就是水里的这个月亮。

我父亲几乎天天都要和月亮会面。在他漫长的一生中，他一直都在打捞水中的那个月亮。

你见过我父亲在月夜里挑水的情景吗？

他望一眼天上的月亮，他微笑着低下头来，就看见在井水里等着出水的月亮。

我父亲就把月亮打捞上来。

两个水桶里，盛着两个月亮，一前一后，猛一看，是父亲挑着月亮；仔细看，就会发现是两个月亮抬着父亲，一闪一闪在地上行走。

李 汉 荣
散 文 精 选

通向月亮的路是多长呢？

据美国航天局说是三十八万公里，走了三十八万公里，他们到达了一块冰冷的石头旁。

我丈量了一下父亲用过的井绳，全长三米，父亲通过这三米的井绳，打捞起完整的月亮和美丽的月光。

审美是需要保持距离的。取消距离，美国得到一块冰凉的石头；谦卑地、怀着敬畏守着一段距离，我的父亲披着满身的圣洁月光。

我发现，美国是一个会折腾的技术员，父亲是一个与天地精神往来的美学家。

为什么要去解剖一个美女呢？为什么要把天地奥秘都去洞穿呢？为什么要用冷冰冰的技术去肢解万物的大美大神秘呢？而现代科技就是要肢解和解剖万物，捣毁一切神秘，埋葬一切神圣，直到把一切都变成满足人的贪欲的消费物，变成垃圾。想起来真是可怕。

我记得父亲的那根井绳，长三米。三米之下，就能触到孔夫子和李白的那个月亮；三米之上，到处是伸手可掬的白银一样的月光。

独轮车

独轮车也叫手推车。一对车把，一个轮子（木轮或橡胶轮），一个盛东西的车筐。这大约是世上最简单的车了。它简洁地说出了

父亲那辈人的生存状况，也多多少少说出了所有人的生存状况：你必须独自推着你面前的重量向前方行走。

人在少年或青年时代都难免对人生抱着太多的理想化的想象，也就难免有些轻狂或张狂。我的少年和青年也是这样，虽然生存并没有给我投来太多的理想的阳光，倒是过早也过多地降下了阴云和冷雨，但过热的血，过量的对于生命的激情，仍使我对生活充满了浪漫的想象——而我以为这是人生应该永远保持的一份诗意和纯真。诗意和纯真是很好的，但也使我有意或无意地忽视和无视人生的艰难、灰暗和命运的孤独悲苦，常常对着雨后的彩虹，对着静夜繁星满天的宇宙，对人生做一些浪漫的设计，而全然不管也不想：在浩大的宇宙里，其实做一颗星或做一粒小昆虫，都很孤独，都很不容易。

是父亲的独轮车让我忽然看到了生存的另一面，我不愿看到的那一面。

那是一个下雪的日子，父亲到水库工地上去筑堤坝。天黑了很久，他还没有回来。我约一个小伙伴去水库寻找父亲。

远远地我们看见一些身影，在四周反射的雪光里显得很黑。我们第一次发现劳动的身影是这样黑。在黑的身影里，我们看到了父亲。几乎每一个人都推着独轮车。每一个人的动作、身影都是相同的。我和小伙伴在一大堆模糊雷同的身影里寻找父亲。最后，我们找到了，那个腰弯得最低的身影，就是我的父亲。

父亲身材高大，而独轮车很矮，他必须深深地弯下腰，才能推动这一车沉重的泥沙。劳动者必须在劳动面前弯下腰，人必须在世界面前弯下腰，才能与他从事的劳动、与他面对的世界达成默契。这时候我想起了我所看见的一切劳动，想起了沉浸在劳动中的人们，其姿势都是谦卑的。没有一种劳动是在趾高气扬中进行的。我似乎明白了，劳动，是人低下头来对世界的一次妥协和皈依。

当时，我还没有足够的力气推动一车泥沙，也无法从旁边帮助父亲推车，就看着父亲大汗淋淋地在风雪里推着车往返（多年后我终于明白：许多劳动、许多命运都是孤独无助的，就像父亲在那个雪夜里反复推运着一车又一车泥沙。）

终于收工了，父亲和一大群人离开了工地，只剩下一辆辆独轮车站在雪夜里。每一辆车都离得那么近。独轮车的旁边是另一辆独轮车。一辆车无法取代另一辆车承受的重量和压力。一辆车也无法减少另一辆车的孤独。走了好远，我回过身看堤坝上那些独轮车，落雪已渐渐将它们染白，在白茫茫的寂静里，它们各自的孤独汇成一片更大的孤独……

斧　头

少年时，我曾做过一个游戏，将父亲用了好多年的那柄斧头，偷去埋在挖野菜的山梁上，然后栽了两棵小树作为记号，设想着再过几年挖出来，看斧头会变成什么样子。

后来在外地上学、谋生，就忘了这件事，忘记了被我埋掉的那柄斧头。

年岁一长，便渐渐回忆起往事来。也就明白了"记忆是一个人

的神话，神话是一个民族的记忆"，也就记起了在我平淡的少年岁月里，也有着一个斧头的神话。

在我记忆中深埋的那个斧头，会是什么样子呢？

那年回家，我在那个山梁上找到了两棵高大的橡子树，我当时栽的那两株小树正是橡子树。在两棵树之间，埋着我早年的神话。

我小心翼翼地挖掘，如同考古学家挖掘远古的墓葬，我小心翼翼地挖掘着我的记忆。

刨去表层的腐殖土，刨去岁月的尘埃，我一点点接近时间深处的东西。

根，根，仍是根，纵横交织的根，老根、新根、粗根、细根，我被密集的根挡住了去路。

在根与根之间，我继续挖掘搜寻。

终于，在根的深处，在根的手互相紧握的地方，我触到了一个硬物，潮湿的泥土芳香笼罩着它，根的手指缠绕着它，我看见它了，它锈在泥土里，安卧在地层深处的温暖里，它已经与泥土打成一片。

一个曾经在地面上显得十分锋利和明亮的东西，多年了，已经习惯了地下的幽暗宁静。在根的把握里，在泥土和地气的劝说下，它正在慢慢地变成别的事物。

我久久地凝视着它。

最后，我将刨起的土还回原处。我告别了我早年的记忆。这再一次的掩埋，使我的记忆更深沉，我用记忆掩埋了过去的记忆。

我知道这是永恒的告别。从今，那个烙满父亲手纹也印着我的手纹的斧头，将在寂静的泥土里远行，像一个人走在自己的命运里。

起风了，橡子树叶互相拍打着，发出金属的声音，我知道，这些树叶的手掌，正是从泥土里汲取了金属，那也是我记忆中的金属。

人总是在他的岁月里埋藏一些什么，比如埋一柄斧头，埋一个永远孵不出天鹅的鹅卵石，或是埋一些泪水，埋一段眷恋……

蓑 衣

用棕，有的用稻草织成。一种雨具。在多雨的南方，人们用它遮挡过数千年的风雨。在雨季，在插秧、锄草的时节，农人们披着它，走进自己有些潮湿的生活。天上漫着灰色或黑色的云，地上也漫着棕色或稻草色的云。这时候，你看不见劳动者的姿势和劳动者的表情，你只看见，天上和地上，都漫着忧郁、潮湿的云。

我至今记得少年时的一个情景。那天下午，天暗得几乎要黑下来，接着是一阵又一阵炸雷，梁上的燕子都钻进巢里，不发出一点声音。猫躲在灶边，蓝眼睛里闪着忧郁和恐惧。忽然大雨开始了，那真正是天河决堤。这时候，父亲披起那件棕色蓑衣，独自走进大雨，他说：秧田的田埂会决开一个口子，那会把田里刚插上的秧苗都卷走的，他要去堵住那个口子，让雨水缓缓漫出田埂。我看不见父亲的背影，我只看见在雨雾里移动的蓑衣，很快，蓑衣也看不见了，只有猛烈的暴雨。

多年了，我仍记得那个雨中的情景。父亲有许多缺点，都可以原谅，世上的大多数人，都有许多缺点，也都可以原谅。对那在生活的风雨中劳苦挣扎的人们，多些念想和尊敬吧。父亲在雨声中的那句话仍在我耳边回响：我要去堵那个口子。是的，生活中，每一个人都要去堵一些口子，有时，要冒着可怕的风雨。

夯

一块方形或圆形的石头，当然是有足够重量的石头，镶上木柄和横杠，就叫"夯"。一个人或两个人均可使用，抬起或提起横杠，使石头尽可能高地离开地面，然后砸下去，产生的重力即可以砸平或夯实某些东西，比如一段路面，一个堤坝，或一段生活。

在人的一生中，不管你用过夯还是没用过夯，其实我们都在用力使某些东西变得结实一些，变得可靠一些。细想来，我们每个人其实就是命运手中上下起落的一只夯，有时为了夯实一段爱情，有时为了夯实一点友谊，有时为了夯实一种信仰。尽管一切都是如此脆弱和易朽，但只要我们仍被命运握在手里，我们就不由自主地想夯实一些什么。

父亲当年夯过的那段河堤早已塌下去了，夯也埋在沙土里，或许已被风化。河水仍在哗啦啦流着。在流水之外，一些看得见和看不见的夯仍在上下起落着，用力夯实一些什么。

父亲的露珠

一

每个夜晚，广阔的乡村原野，都变成了银光闪闪的作坊，人世安歇，上苍出场，叮叮当当，叮叮当当，上苍忙着制造一种透明的产品——露珠，按照各取所需的原则，分配给所有的人家和所有的植物。高大的树冠，细弱的草叶，谦卑的苔藓，羞怯的嫩芽，都领到了属于自己恰到好处的那一份。那总是令人怜惜的苦菜花瘦小的手上，也戴着华美的戒指；那像无人认养的狗一样总是被人调侃的狗尾巴草的脖颈上，也挂着崭新的项链。

数千年来，"均贫富"这个农业社会的朴素理想，从来就没有真正实现过。倒是在大自然的主持下，"均美丑"的美学理想却实现了。至少，在夜晚，在清晨，草根阶层的家门前，劳动者的原野上，到处都是美好清洁的露珠，叮当作响，闪闪发光。就在我家那

座朴素的老屋前，夜晚的露珠，清晨的钻石，不知比那远离土地、远离劳动、远离大自然的别墅豪宅前的露珠，要多了多少倍。

二

看看这露珠闪耀的原野之美吧。你只要露天走着、站着或坐着，你只要与泥土在一起，与劳动在一起，与草木在一起，即使是夜晚，上苍也要摸黑把礼物准时送到你的手中，或挂在你家门前的丝瓜藤上。这是天赐之美，天赐之礼，天赐之福——总之，天赐之物多半都是公正的。天不会因为秦始皇腰里别着一把宝剑，而且是皇帝，就给他的私家花园多发放几滴露珠，或特供给他一条彩虹。相反，秦始皇以及过眼烟云般的衮衮王侯将相富豪贵族，他们占尽了人间风光和便宜，但他们一生丢失的露珠是太多太多了。比起我那种庄稼的父亲，他们丢失了自然界最珍贵的钻石，上苍赐予的最高洁的礼物——露珠，他们几乎全丢失了，一颗也没有得到。我卑微的父亲却将它们全部拾了起来，小心地保存在原野，收藏在心底，他那清澈忠厚的眼睛里，也珍藏了两粒露珠——做了他深情的瞳仁。

比起那些巧取豪夺，不劳而获，双脚很少接触土地和草木，双手从来没有接触过露珠，也没有用这清露之水洗过手洗过心的人，我清贫的父亲，一生里却拥有着无穷的露珠。若以露珠的占有量来衡量人的富有程度，我那种庄稼的父亲，可谓当之无愧的富翁。

三

物换星移，被强人霸占的金银财宝，总是又被别的强人占去了。

而我的父亲把他生前保存的露珠，完好地留给了土地，土地又把它们完好地传给了我们。今天早晨我在老家门前的菜地里看到的露珠，就是父亲传给我的。

美好和透明是可以传承的，美好和透明，是无常的尘世唯一可以传承的永恒之物。如果不信，就在明天早晨，请看看你家房前屋后，你能找到的，定然不是什么祖传的黄金白银宝鼎桂冠，它们早已随时光流逝世事变迁而不知去向，唯一举目可见、掬起可饮的，是草木手指上举着的、花朵掌心捧着的清洁的露珠，那是祖传的珍珠钻石。

四

这是农历六月的一天，早晨，天蒙蒙亮，我父亲开了门，先咳嗽几声，与守门的黑狗打个招呼，吩咐刚打过鸣的公鸡不要偷吃门前菜园的菜苗，而菜园里的青菜们，远远近近都向父亲投来天真的眼神，看见父亲早早起来第一件事就是关心它们，它们对父亲一致表示感谢和尊敬。有几棵青笋竟踮起脚向父亲报告它们昨夜又长了一头。父亲点点头夸奖了它们。

然后，父亲扛着那把月牙锄，哼一段小调，沿小溪走了十几步，一转身，就来到了那片荷田面前，荷田的旁边是大片大片的稻田，无边的稻田。父亲很欢喜，但他却眯起了眼睛，又睁大了眼睛，然后又眯了几下眼睛。好像是什么过于强烈的光亮忽然晃花了父亲的眼睛。过了一会儿，他的眼神才平静下来。父亲自言自语了一句：嘿，与往天一样，与往年一样，还是它们，守在这里，养着土地，陪着庄稼，陪着我嘛。

父亲显然是被什么猛地触动了。他看见什么了？

其实也没什么稀奇的。父亲看见的，是闪闪发光的露珠，是百万千万颗露珠，他被上苍降下的无数珍珠，被清晨的无量钻石团团围住了，他被这在人间看到的天国景象给照晕了。荷叶上滚动的露珠，稻苗上簇拥的露珠，野花野草上镶嵌的露珠，虫儿们那简陋地下室的门口，也挂着几个露珠做的豪华灯笼。父亲若是看仔细一些，他会发现那棵车前草手里，正捧着六颗半露珠，那第七颗正在制作中，还差三秒钟完工；而荷叶下静静蹲着的那只青蛙的背上，驮着五颗露珠，它一动不动，仿佛要把这一串宝石，偷运给一个秘密国度。

父亲当然顾不得看这些细节。他的身边，他的眼里，他的心里，是无穷的露珠叮当作响，是无数的露珠与他交换着眼神。

我清贫的父亲也有无限富足的时刻。此时，全世界没有一个国王和富豪，清早起来，一睁开眼睛就收获这么多的露珠。

五

钢筋和水泥浇铸着现代人的生活，也浇铸着大地，甚至浇铸着人心。城市延伸到哪里，钢筋和水泥就浇铸到哪里。哨兵一样规整划一的行道树，礼仪小姐一样矫揉造作的公园花木，生日点心一样被量身定做的街道草坪——这些大自然的标本，草木世界的散兵游勇，只能零星地为城市勾兑极有限的几滴露水。露珠，这种透明，纯真，体现童心和本然、体现早晨和初恋的清洁事物，已难得一见了，鸟语、苔藓、生灵、原生态草木、氤氲的雾岚地气也渐渐远去。

就在明天，我要回一趟故乡，那里的夜晚和早晨，那里的山水草木间，那里的人心里，那里的乡风民俗里，也许，还保存着古时候的露珠和童年的露珠，还保存着父亲传下来的露珠。

转　身

　　一转身，那个动人的身影就不见了。在人海里，想再次打捞到她，再次与她相遇，哪怕匆匆一瞬，都是不可能了。

　　在都市、在广场、在车站、在机场、在大街、在超市、在乡野、在人流聚散的地方，我曾经有这种感受：转身，就是永别。

　　那一次我在北京火车站等车。在拥挤的人流里，我不小心踩了右边的年轻人。我正准备道歉或接受责备，却看见转过来一张文雅谦和的脸，他说："对不起，我挡着你了。"我竟然被感动了，只顾欣赏这张善良、有教养的脸，却忘了对他说声谢谢，把诚挚的心情告诉他。当我忽然记起，正要张口表达，人潮猛然涌了过来，一转身，我已找不到他，只看见攒动的人头，闪动的各色衣服……

　　还记得那年春天，我一人在秦岭深处行走，山路两旁开满野花：灯芯花、野草莓花、苜蓿花、蒲公英花……路下面的小河，清澈如镜，温柔如绸，淙淙的水声像母亲轻唤谁的乳名。四周的群山，一律被松树、柏树、桦树和茂密灌木覆盖。闻着花香，听着水声，看着山色，我恍然似已进古代，入了那"拈花微笑"的仙境。正在此时，迎面走来一位小女孩，她头上插了几朵野花，手里拿着一束菖蒲，好看的脸上满是羞涩，浑身洋溢着纯真的自然气息。但我不便过分地注意她，我怕她受到惊吓。于是我停下来，给她让路，然后静静地看她远去，欣赏着她的背影，却记不清她的眼睛和脸究竟是什么样子，匆匆的一瞥里只留下"好看"的朦胧感觉。也许，或者是一定的，我这一生只能遇到她一次，只有这一次，在她还是小女孩的时候，我突然感到十分失落和惆怅。怎么办呢？我想多看她一眼，看仔细些。我想在记忆里逼真地收藏一个像野花一样纯真的秦岭女孩。这也许是她一生里最生动的瞬间，我记起了泰戈尔的诗句："你不知道你是多么美丽，你像花一样盲目。"我情不自禁地转过身来，向小女孩走的方向走着，走到山路转弯的地方，出现了个三岔路口。我已经无法知道小女孩走了哪一条路径。就那么一转身，她消失在命运的路径，那也许就是我此生永远都不能踏上的路径……

冬天，已经很冷了，西伯利亚寒流远道而来，遭遇袭击的当然是穷人，最可怜的是乞丐。乞丐不多，但不多的乞丐也常常有力地触动和唤醒我们冬眠的良心。在南大街路口，我看见一位衣衫褴褛的中年乞丐。我急忙赶回家，拿上我去年穿过的那件防寒服给他。可是来到南大街，已看不见他，于是我在东大街找他，又在北大街找他，都没有找到。最后我来到丁字路口，还是没有找到他，却遇到了一个老年乞丐，一转身，苦难转换了方向，交换了背影，但苦难的身份没有改变，都是苦难。于是我把防寒的衣服披在了这位贫

苦的老人身上，希望他下降的体温能稍稍回升，希望降温的人性能稍稍回升。我由此想到亚洲的穷人，非洲的穷人，全世界的穷人，想到徘徊在文明大街上的那些孤苦身影，一转身，他们到哪里去了？而文明，你能否追上去，轻轻拉起那褴褛的衣襟，或者握着那空空的手，仔细看看他们的眼睛？他们到哪里去了，一转身？

一转身，车窗外的河流已经不知去向；一转身，门前的那只鸟不见踪影；一转身，天上的那座虹桥已经悄然消失；一转身，水里的鱼已经没入深渊；一转身，父亲已经走远，新垒的坟上，墓草青青……

旭日一转身变成落日，青丝一转身变成白发，爱情一转身变成婚姻，诗一转身变成散文，羊群一转身变成毛衣……等一等，等一等，能否再转回来？

老人与桃

听说山梁那边的王老汉今天过七十五岁生日，我提了一瓶酒和几包糕点去恭贺老人。老人很高兴，笑得合不拢嘴，牙已没有几颗了，一笑，就露出了通红的舌头。舌头显得很生动，也很嫩，舌头好像没有年龄，老人的舌头和小孩的舌头似乎没什么区别。我把老人的舌头端详了许久，他一笑，我就看他的舌头，像一片火焰，像一片含在嘴里的朝霞，人到黄昏了，仍保留着这一片年轻的朝霞。我想，人即使活到一百岁或五百岁，舌头也许是不会老的。这永远天真的舌头，永远渴望着味觉，一直到最后时刻，都渴望品尝到什么。这也许是人的弱点，这弱点维持着人的基本生存信念。眼前这位敦厚的山里老人，也许功德和智慧无法和爱因斯坦相比，但至少，在他们的黄昏晚境，我们从他们身上能看见的最年轻生动的一样东西，不会是别的什么了不起的，只是这红红的舌头，它保持着孩子一样的天真和渴望，仿佛在说：来吧，生活，我要品尝。

我想这位老人也许一生受了许多苦——心里的苦，包括舌头上

的苦,他消化了多少苦涩的日子。而此刻,他笑着,他的舌头也快乐地笑着。我忽然想到,人的记忆是饱经沧桑的历史学家,不大容易为偶然的情节打动或改变,人的舌头却是一个长不大的儿童,给它一粒水果糖,它就乐起来,哪怕曾经吃过一吨黄连。人应该感谢这天真的舌头,它减轻了人的苦难感,它让人珍惜每一个片刻,它说:片刻的幸福也是幸福。

老人说:"没什么招待你,就吃桃子吧。房前屋后都是我栽的桃树。你愿意吃哪一棵,就上去,坐在树杈上吃。"

想不到老人很利落地爬上了一棵桃树,坐在上面吃起来了。我也爬上旁边的一棵,顺手摘了桃子吃起来。

老人顺手摘下一个熟透的桃子抛给我,说:"吃这个,这个红。"

"嘿嘿,我们不是两个猴子吗?我是老猴,你是小猴,猴子上树吃仙桃,福气不小哇。嘿嘿……"

老人笑着,透过树叶,我看见满树的红桃,我看见老人的舌头,那么红嫩,那么天真,还有点馋……

辑五、精神的天空

我们在命运里走来走去，最终却回到出发的地方，并且第一次真正认识它，是这样吗，南山？

又见南山

我是山里人。山是我的胎盘和摇篮,也是我最初的生存课堂。山里的月是我儿时看过的最慈祥的脸(仅次于外婆),山里春天早晨的风是最柔软的手(仅次于母亲),山的身影是多么高大啊。我读第一本书的时候,入迷得像在做梦,每一个字都是那么神奇,它们不声不响非人非物,但它们却能说出许多意思,这真是太有意思了。忽然书页暗下来,抬起头,才看见,山一直围在我的四周,山也在看书?其实它们站在书的外面,抿着嘴像要说什么话,却不说,一直不说。山要是把一句话说出来,要么很好玩,要么很可怕,天底下的话都不用再说了。但是山不说一句话,不说就不说吧,多少年多少年都不说,就是为了让人去说各种各样的话。我隐约觉得山是很有涵养的,像我外爷,外爷是个中医,很少说话,他说,我开的药就是我要说的话。

后来,就逃跑般地离开了山。也许山还记得我对它的埋怨:闭塞、贫困、愚昧,挡住了我的视线,使我看不见人生的莽原和思想的大海。

辗转这么多年，从一本书走进另一本书，我像书签一样浏览了许多语言；从一座城搬进另一座城，我像钥匙一样认识了许多锁子；从一栋楼爬上另一栋楼，我像门牌一样背诵了许多号码。然而，走出书，走出城，走下楼，我发现我什么也没有，尽管有时感到自己似乎拥有很多，学问呀，知识呀，信息呀，成就呀，名声呀，职称呀，职务呀，电脑呀，银行账户呀，股票呀，老婆呀，儿子呀，房子呀，车子呀，哥儿们呀，见闻呀，已经到来的金色中年呀，可以预见的安详晚年呀，无疾而终的圆满落日呀……

可是，闭起眼睛一想，又真正觉得空荡荡的，夜深人静的时候，望着苍白的天花板，感到一种迫人的虚。

城市只是一个投寄信件的邮箱，而我只是一个寄信人或收信人。寄完信或读完信，我就走了，而邮箱还挂在那里。说到底，人也是一封信，城市在我们身上盖满各种各样的邮戳，却找不到投寄的地方。

是什么使我变成了一封死信？身上邮戳重叠着邮戳，地址重叠着地址，日期重叠着日期，但是这封信却无处投递，就这样在模糊的邮路飘来荡去，直至失踪？

这时候我已经回到当年的小城。这时候我忽然看见我早年逃离的山——南山。

它依然凝重，依然苍蓝，依然无言，不错，还是我祖先般的南山。

但是，我心里很深的地方却被它触动了，被它闪电般照亮了。

我何以感到认真走过的岁月却是空荡荡的虚？我何以成为一封无处投递的死信？

是因为我遗忘了你吗，南山？

这么多年，我真的像遗忘一堆石头一样遗忘了你吗，南山？

而你依旧站在你地老天荒的沉默里，站在你崇高的孤独里。

这时候我看南山，它像是苍老而永远健在的祖先，像哲人凝眉沉思，像先知欲言又止，像在做一个永远要做下去的手势，看不清是挥别还是召唤。

"此中有真意，欲辨已忘言。"

我好像明白了，我当初那么认真地出走，只是为了更深刻地返回，是这样吗，南山？

我们在命运里走来走去，最终却回到出发的地方，并且第一次真正认识它，是这样吗，南山？

一封盖满邮戳的信终于找到了投递的地址，它正在到达，它将被阅读，它同时也阅读它的阅读者，阅读一个伟大的旧址——南山。

去而复返，又见南山，我第一次真正看见南山。

越来越接近精神的天空

人，在人群里行走，寻找他的道路；在人群里说话，寻找他的回声；在人群里投资，寻找他的利润；在人群里微笑，寻找回应的表情。生而为人，我们不可能拒绝人群，虽然，喧嚣膨胀的人群有时是那么令人窒息，让人沉闷，但我们终不能一转身彻底离开人群。

人群是欲望的集结，是欲望的洪流。一个人置身于人群里，他内心里涌动的不可能不是欲望，他不可能不思考他在人群里的角色、位置、分量和份额。如果我们老老实实化验自己的灵魂，会发现置身人群的时候，灵魂的透明度较低，精神含量较低，而欲望的成分较高，征服的冲动较高。一个神性的灵魂，超越的灵魂，丰富而高远的灵魂，不大容易从人群里挤出来。在人群里能挤出聪明和狡猾，很难提炼出真正的智慧。我们会发现，在人口密度高的地方，多的是小聪明，绝少大智慧。在人群之外，我们还需要一种高度，一种空旷，一种虚静，去与天地对话，与万物对话，与永恒对话。伟大的灵魂、伟大的精神创造就是这样产生的。孔子独对大河

而感叹时间的不可挽留："逝者如斯夫，不舍昼夜"；庄子神游天外寻找精神自由飞翔的方式；佛静坐菩提树下证悟宇宙人生之般若智慧；法国大哲帕斯卡尔于寂静旷野发出哲人浩叹："无限空间的永恒沉默使我恐惧"；"登高望远天地间，大江茫茫去不还"，李白不羁的诗魂飞越无限，把多半条银河引入人间，灌溉了多少代人的浪漫情怀；爱因斯坦把整个宇宙作为自己科学探究和哲学思考的对象，他认为人的最大成就和最高境界不过是通过对真理的求索，获得与宇宙对称的灵魂，变得辽阔而谦卑，对这个无限地存在着也永恒地包裹我们的伟大宇宙献上发自内心的敬意……正是这些似乎远离人群的人，为人群带来了太丰盛的精神礼物。在人群之上利益之外追寻被人群遗忘了的终极命题，带着人群的全部困惑和痛苦而走出人群，去与天空商量，与更高的存在商量，与横卧在远方也横卧在我们内心深处的"绝对"商量，然后将思想的星光带给人群，带进生存的夜晚。

为此我建议哲学家或诗人不该有什么"单位"，在"单位"里、在沙发上制作的思想，多半只有单位那么大的体积和分量，没有真正的精神价值。把存在、把时间、把宇宙作为我们的"单位"吧，去热爱、去痛苦、去思想吧。

作为芸芸众生的一员，我也不愿总是泡在低处的池塘里，数着几张钱消费上帝给我的有限时光。我需要登高，需要望远，我需要面对整个天空作一次灵魂的深呼吸，我需要从精神的高处带回一些白云，擦拭我琐碎而陈旧的生活，擦拭缺少光泽的内心。

我正在攀登我的南山。目光和灵魂正渐渐变得清澈、宽广，绿色越来越多，白云越来越多，我正在靠近伟大的天空……

月光下的探访

今夜风轻露白，月明星稀，宇宙清澈。月光下的南山，显得格外端庄妩媚。斜坡上若有白瀑流泻，那是月辉在茂密青草上汇聚摇曳，安静，又似乎有声有色，斜斜的，涌动不已，其实却一动未动，这层出不穷的天上的雪啊。

我爬上斜坡，来到南山顶，是一片平地，青草、野花、荆棘、石头，都被月色整理成一派柔和。蝈蝈弹着我熟悉的那种单弦吉他，弹了几万年了吧，这时候曲调好像特别孤单忧伤，一定是怀念着它新婚远别的情郎。我还听见不知名的虫子的"唧唧"夜话，说的是生存的焦虑、饥饿的体验、死亡的恐惧，还是月光下的快乐旅行？在人之外，还有多少生命在爱着，挣扎着，劳作着，歌唱着，在用它们自己的方式撰写着种族的史记。我真想向它们问候，看看它们的衣食住行，既然有了这相遇的缘分，我应该对它们提供一点力所能及的帮助，它们那么小，那么脆弱，在这庞大不测的宇宙里生存，是怎样的冒险，是多么不容易啊。然而，常识提醒我，我的

探访很可能令它们恐慌，不小心还会伤害了它们。我对它们最大的仁慈和帮助，是不要打扰它们，慈祥的土地和温良的月光会关照这些与世无争的孩子们的。这么一想，我心里的牵挂和怜悯就释然了。

我继续前行，看见几只蝴蝶仍在月光里夜航，这小小的宇宙飞船，也在无限里做着短促的飞行，在力所能及的范围内探索存在的底细、花的底细，此刻它们是在研究月光与露水相遇，能否勾兑出宇宙中最可口的绿色饮料？

我来到山顶西侧的边缘，一片树林寂静地守着月色，偶尔传来一声鸟的啼叫，好像只叫了半声，也许忽然想起了作息纪律，怕影响大家的睡眠，就把另外半声叹息咽了回去——我惊叹这小小生灵的伟大自律精神，我想鸟的灵魂里一定深藏着我们不能知晓的智慧，想想吧，它们在天空上见过多大的世面啊，它们俯瞰过、超越过那么多的事物，它们肯定从大自然的灵魂里获得了某种神秘的灵性。我走进林子，看见一棵橡树上挂着一个鸟巢，我踮起脚发现这是一个空巢，几根树枝、一些树叶就是全部建筑材料，它该是这个世界最简单的居所了，然而就是它庇护了注定要飞上天空的羽毛，那云端里倾洒的歌声，正是在这里反复排练。而此时它空着，空着的鸟巢盛满宁静的月光，这使它看上去更像是一个微型天堂。如果人真有来生，我希望我在来生里是一只阳雀鸟或知更鸟，几粒草籽几滴露水就是一顿上好午餐，然后我用大量时间飞翔和歌唱，我的内脏与灵魂都朴素干净，飞上天空，不弄脏一片云彩；掠过大地，不伤害一片草叶。飞累了，天黑了，我就回到我树上的窝——我简单的卧室兼书房——因为在夜深的时候，我也要读书，读这神秘的寂静和仁慈的月光……

善良的人才有心灵的花园

一

"善良",善则良也,善的人是优良的人。反之,"恶劣",恶则劣也,恶的人必是劣质的人。古人造词如此严谨周全,肯定是有感而发吧,他们也如我们一样,感受过善良带来的温暖和恶劣加给人生的伤害。

二

"善心""善意""善缘""善愿""善根""善行""善举""善言""善事"……围绕一个"善"字,从古至今,人们造了多少词,说了多少话,叙述了多少故事,写了多少书啊。人类的历史,也可以说是追求善良的历史。作为自然物种之一的人类,在长

如这流水一样，

万物都在一一呈现又一一流逝，

汇成浩瀚渺远的"过去"。

期的演化过程中，从生生不息万古长存的大自然里，从雄浑庄严无限神秘的伟大宇宙里，获得了感染和启示，不仅发现了笼罩万物并支配万物的"自然律"，也发现了激荡于人的内心深处、贯穿于人类历史进程并使之趋向和谐与高尚的那种感人的正义力量和精神本源，即"道德律"。自然科学探究的是"自然律"，人文哲学追寻的是"道德律"，即人类心灵的奥秘和道德的完善。道德的核心，就是"善"。人类的一切具有恒久价值的、高尚的思想、学说、事业、行为，都来自"善"。

善，是笼罩天地的正义，是抚慰宇宙的情感。有了善，人间才有了温暖，人心才有了慰藉，人生才值得一过——因为，在短暂的一生里，我们感受到天长地久的道义和情感。

三

"人之初，性本善，性相近，习相远"。古人的话基本是对的。现代基因理论也揭示了遗传和"天性"对人的潜在影响。但"性相近"是基本的事实，没有哪一个孩子不具备天真可爱的童心。关键是"习相远"，即后天的生存环境、文化环境、教育环境对人的性情、道德的引导和塑造，有的变好了，有的不那么好，有的变坏了。

四

善，是人之为人的根本，所谓"良心""真心""初心""芳心""本心""圣人之心""赤子之心""天地之心"，就是一颗善良的心。

如果把"善"从人心里抽走，人的心就变成"贪心""野心"；如果把"善"从人的意识里抽走，人的智力活动就变成了冷冰冰的算计和谋略，而没有了温情、挚爱和关怀。

古人把既充满智慧又饱含温情的心灵称为"慧心"，反之，那些对人对事充满算计、狡诈而阴冷的心则是"机心"。有慧心的人是君子，对人对事总怀着机心的人是小人。

古人也推崇淡泊、素朴、宽厚、仁慈的"素心"，而对那伤天害理、损人利己、贪婪邪恶的"祸心""奸心"，则不遗余力痛加鞭挞和贬斥。

五

孟子说，"仁"是人的心灵，"义"是人的道路。舍弃道路而不走，失去善良的心灵而不懂得去寻找，多么可悲！鸡和狗走失了，还懂得去找；善良的心丢失了，却不懂得去寻找。学问之道没有别的，就是把丢失的善良心灵找回来。

几千年前的圣人告诉我们：丢失了善良的心，不善、不义、不

仁和邪恶就会怂恿人去危害他人和社会。这是很可怕，也很可悲的。但更可悲的，是丢失了最可贵的善良之心，却不觉得可惜，不以为丢失了什么贵重的东西，反而习以为常，而丢失了一只鸡一条狗，却知道下功夫寻找回来。善良的心，竟然不如一只家畜，这是怎样的本末倒置呢？

对人性的这种疾病，圣人开了处方：学问（包括教育）之道没有别的，就是把丢失的善良心灵找回来。

由此可见，人活着的一件大事，就是守住善良的心灵；一旦不小心丢失了，就赶快把它找回来；如果损害了这颗善心，就要好好修补、滋养。所谓品德和心性的修养，是既要修，也要养，修即修补、修正，养即养护、涵养。勤修常养，那颗善良、干净、美好的心，就如运行在我们生命内部的阳光，照亮我们的思与想、言与行、灵与肉，照亮我们人生的路。

读书、治学、求道、信仰、教育、修行，其目的都是要把丢失的善良心灵找回来，把美德的源泉找回来。

六

一颗善良、宽厚的心灵，才会经常荡漾丰富的情感和爱意，并能随时发现和欣赏生活中、自然中的诗意和美感。

内心的丰富使一个善良的人时时有了对生活意味的丰富发现，这种发现反过来又使内心变得更加丰富——这就是善的增殖和循环。

李汉荣

散文精选

　　善良使人的内心变得多汁多情多梦——假如人的心灵是有颜色的，那么善良的心灵该是翠绿的，像森林、像牧场；像覆满植被的青山——它给世界呈现的是生长的景象和希望的风景，而它自身也享用着生长的希望和喜悦。

　　一个真正善良的人总会被内心善的激情推动着，去尽力以点点滴滴的善行修补世界的缺陷，培育生存的花荫——他顾不得去恨谁，也顾不得留意谁在恨他，善推动着他也保护着他，生活中的恶反而伤害不了他——他在善的路上行走，偶尔袭来的石头和荆棘，不能改变和动摇他行走的方向，只是让他了解了路上的情况，恶，反而坚定了他对善的信念和忠诚。

七

　　善是精神世界的水土和植被，人的一切有价值的追求和事业，从这里得到滋养、庇护而得以生长。反之，恶是暴力和泥石流，它破坏人性的植被和心灵的水土，造成情感和道德的水土流失。恶泛滥的地方，留下心灵的伤口、精神的废墟、道德的戈壁滩。

　　善，是人类精神文明的核心和灵魂。伟大的宗教里，"神"的形象不过是最高的善的象征，寄托着人对彻底去除了诸恶，而将世间一切美德完全熔铸贯通的伟大人格和高尚生命境界的崇敬、追慕和向往；再高深的哲学，也是要通过形而上思辨引领人的心智深入精神世界的深海，达到对人的处境的彻悟，最终把人导向善良、智慧和觉悟；文学艺术除了审美功能，也有道德的净化和升华功能，

即使审美，也是通过有意味的形式和意象，来震撼、感染、净化人，改变和深化人对生活的理解和感受，从而使人性趋向高尚、善良和美好。

八

"善有善报，恶有恶报"，人们总是怀疑着，觉得报应迟迟不兑现，因为生活中有许多似乎"不报"或"反报"（即恶人享福、好人受苦）的事实。

其实，"报应"是不能量化考核的，"报应"不是简单的投入和产出，你不能指望恶人作了恶就立即遭到雷轰电击、腰断骨折，好人行了善就马上逢凶化吉、天降甘露。报应不仅指行为和事物的结果，报应更存在于行为和事物运行的过程中，存在于人的内心体验中。一个作恶的人，不管他是否得逞，不管他最终是否受到惩罚，他作恶的过程，就是被恶的意念支配、绑架、扭曲、奴役的过程，也是被恶的毒素煎熬、毒害的过程。即使他真的作恶成功，并侥幸未被发现，他的内心也会变得地狱般黑暗、狰狞、恐怖。可见，即使"成功"的恶人，也绝对不会是幸福的人。因为真正的幸福，来自灵魂的丰盈、安宁、温润和喜悦。一个充满毒素、惶恐不安的灵魂，怎么会有真正的丰盈、安宁、温润和喜悦呢？

而一个怀着善心爱意的人，他从他的"善根""本心"出发去真诚地帮助一个人、救护一只鸟、爱惜一棵草，去做灵魂默许他做的一切或大或小的善事好事，在行善的过程中，他的灵魂已获得了纯洁的满足和喜悦，他并不需要来自过程之外的回报和奖赏，因为，行善的过程是一个美好的过程，而美好的感觉，就是心灵获得的最高奖赏和幸福。在这个过程中，人会感到做一个高尚的人的快乐。人性的最好本质在这个过程中得到了最大程度的实现，人会感受到一种来自心灵的深刻欣慰。

何况，在法治严明、见贤思齐的文明社会，恶会受到越来越多的抑制和惩罚，善会得到越来越多的推崇和尊敬。

所以才有智者这样说：上帝对坏人的惩罚就是让他做一个坏人，对好人的奖赏就是让他做一个好人。

做一个好人，自己感到美好，也让世界增加一点美好，是多么好啊。

九

高尚、仁义、慈悲、忠实、正直、友爱、贤淑、淳朴、厚道、勤劳……这都是被推崇和向往的美德。种种美德如优秀的植物，其绿荫庇护了我们，其芬芳感染了我们，其果实滋养了我们。美德之根扎在哪里？扎在心里。而心灵的厚土，乃是善良。从这个意义上说，一切美德的源头乃是善良。凡称得上是美德的，首先是善的。

尊重人，同情并帮助弱者和不幸者，是善良。尊重一棵树，尊重一只鸟或一条狗，同情并帮助一只受伤的乌龟和失群的孤雁，也是善良。前者是对人的善，后者是对整个大自然和全体生命的善。这种无边界的善，是大慈大善，是大仁大义，是善的最高境界，即

佛教所说的"无缘大慈，同体大悲"。这样的境界不容易达到，但它提示了人性升华的无限可能性。

十

"知易行难""说起来容易做起来难""坐而论道，何如起而行道"，古人既强调"闻道"，也强调"修道"，更强调"行道"，即人生的使命在于践行自己认同的真理和道德。这也告诉我们，懂得什么是善良很容易，在情感上、行为上、细节上落实善良就不那么容易了。你帮助过无家可归的流浪孩子吗？你舍得掏出身上的零花钱送给贫病交加的老人吗？你为故乡那条曾经清澈美丽却被严重污染的河流奉献过一勺清流吗？我这样问自己：从你的衣兜里还能掏出多少善良？

十一

呵护一个迷路的儿童并把他送回家，把一只不慎掉落的鸟儿捧起来放回树上的鸟巢，友爱地抚摸一只羊的瘦脸，翻书时同情地注视一粒在纸页间穿行的小小书虫，在原野上长久地凝望着一朵不知名的野花微笑，并认真地为它取一个温婉的名字，好像只有这样才对得起春天——你从这些小小的善意里，从对他人行善、对自然行善的过程里，体会着一种纯洁的幸福，没有人知道你为什么如此快乐，这快乐是小的，是秘密的，对于心灵，却是最贵重的。心灵经常享用这小的快乐、小的善良、小的秘密,心灵就丰富、柔软、温润了。每一个善良的人,内心里都有一座四季如春的心灵花园。

十二

高尚的道德有一种动人的美感,所以叫"美德"。所以古人把那些心地善良、情操高尚的人称为"美人"——看来,美人不仅指有美貌的人,更指有美德的人。这样的"美人"多了,生活就充满了美感,人和人的关系就成了审美关系,我们彼此从对方身上领略心灵的风景和生命的意境,并感受到人生虽然短暂,虽然艰辛,但人生仍是一种奇迹,是一次值得感恩的情义之旅,因为它毕竟让我们在崎岖的岁月里,曾经与善良相逢,与那么多美好的人和事物相逢。难怪,伟大的高尔基曾经说:美学是未来的伦理学。他说得多么好啊。

诗意和美感的源泉

我理解,所谓写作者,就是内心里洋溢着丰沛的诗意又善于领略诗意、内心里充盈着美感又善于发现美感的人。写作,就是呈现诗意和美感的一种方式。

诗意和美感,在每一个人的天性和情感里都或多或少、或强或弱、或显或隐地存在着。

人,活在天地间,活在万物的怀抱中,活在无限苍茫神秘的宇宙中,也活在文化和历史中,活在对已知事物的感受中,也活在对未知领域的想象中,活在对生的感恩、对爱的感动里,有时也活在对死的遐想中。

哲人说:活出意义来。

诗人说:人,应该诗意地栖居在大地上。

我想,诗意、美感,应该是我们活着的意义。当然,人活着,还有责任、义务、道德和事业。但我想,那些在日常生活中让我们感到诗意和美感的时刻,那些令我们陶醉、沉浸、升华的时刻,那

李汉荣

散文精选

些让我们变得纯洁、高尚、美好的事物,常常让我们感到活着的珍贵和可爱,每每在这时候,我们会感到活着的意味和意义。

人生的最高欣慰和快乐,不是在物质的追逐和满足中获得的。人,不过一百来斤的重量,在无穷宇宙面前无疑极其渺小,对物质的享用终归有限,而且,人在与物质世界进行能量交换的时刻,并不是人"最有意义"的时刻,因为我们知道,任何生物都能与物质世界进行能量交换。

人生的最高欣慰和快乐,来自心灵的感动。当我们向万物敞开怀抱的时刻,当我们与美好的人、美好的事物相遇并投去深情凝视的时刻,我们感到欣悦和幸福;有时,我们也会与痛苦的事物和不幸的命运遭遇,我们因此感受到世界的另一面,看到蓝色海水后面那幽暗的深渊,我们的生命体验由此获得深化,在对痛苦的感受和承担中,我们会在喜剧甚至闹剧后面,发现世界的悲剧本质和生命的悲剧美。我们同样会感到灵魂被净化后的深沉幸福,对人、对生命、对万物,我们会更多一些同情和热爱。

而所有这一切,都是因为我们发现了生存的诗意和美感。

诗意何处寻?美感何处寻?

中国古人说:"外师造化,中得心源。"这里的"造化"即大自然,"心源"就是我们的内心世界。我们不妨把无边的大自然叫作"外宇宙",把无边的内心叫作"内宇宙"。诗意和审美,即来自人的"内宇宙"和"外宇宙"相互吐纳、相互映照的时刻。

我凝视静夜的星空,星空也凝视我,星空也进入了我的内心,有限的我与无限的宇宙星空融为一体,我常常被一种"无限感"所

震撼，这个时刻，我感到我与万物同在。与永恒同在，我的内心变得澄明浩瀚无际无涯。我的一本诗集《驶向星空》就记录了我的这些体验。

我常常漫步于山间、田野、林中、水畔，有时就静坐在溪水边或仰躺在树林里，看白云倒映于水面，耐心地洗涤着它们各种样式的衣衫，我的心也变得清洁透明：我从瀑布的声浪里感受到一种壮烈的情怀；我从画眉、布谷鸟的叫声里学到一种说话和写作的方式。这就是：率真和自然。我喜爱一切鸟，我觉得鸟语是值得推广的"世界语"；我爱青山，尤其是雨后的青山。宋代词人辛弃疾的两句词说出了我对青山的感觉。他说："我见青山多妩媚，料青山见我应如是"；我爱白雪，我爱虹，我爱夜空中的月亮，我爱蜻蜓和蝴蝶，它们是花和草的知音与伴侣，它们款款的影子，出没在大自然，也出没在古今中外的诗文里；我爱动物，牛马羊狗猫松鼠，世上没有卑琐的动物，你仔细注视，会发现它们的体态神情是那样美那样和谐，而它们目光中的忧郁和感伤，又令人同情，我常常痴想着，它们能与我交流一点什么，谈谈对生命的理解和对命运的看法；我爱一切植物，植物以它们无尽的绿色和果实美化了这个世界，也喂养了这个世界，我写过许多关于自然界的散文和诗歌（包括《山中访友》等），当我写自然界的任何事物的时候，内心里总是充满感动和感恩，一片落叶也会在我笔下呈现它亲切细密的脉纹，我像是看到了大自然的隐秘手相，甚至，一片雪，一声虫鸣，一阵雨打玻璃的声音，都会在我心底溅起情感的涟漪，我总是努力用语言挽留这些微妙的、深切的、诗意的时刻。每次写作，我总是

李汉荣
散文精选

打开窗子，眺望一会儿朦胧的远山，如果恰逢一声鸟叫，我的诗文便有了清脆生动的开头；如果在夜晚写作，我就先在空旷宁静的地方，仰望头顶的星空，聆听银河无声的波涛，宇宙无穷的黑暗和光芒便滔滔地向我的内心倾泻，我深深地呼吸着那从无限里弥漫而来的浩大气息，然后，我开始诉说，向心灵诉说，向人群诉说，向时间和万物诉说。语言被心中的激情和宇宙的浩气激活，语言行走和飞翔起来，语言有了只有在这个时候才有的动人的表情和语调，就这样，我的心，在语言的原野上走向远处和深处。每当这时候，我感动，万物和宇宙都参与了语言的运动。

感　恩

生活的每一天都应是我们感恩的日子。

向土地感恩。向水稻、玉米、小麦感恩，我们身体的一多半脂肪来自它们，我确信我们情感的一多半也来自它们；向大豆、豌豆、绿豆、胡豆、红豆感恩，它们把季候、节令、土地的情绪提炼成颗粒状的晶体，以便我们随时采摘和品尝；向西红柿、樱桃、枇杷、梨、苹果、橘子感恩，它们不仅为我们的身体提供了大量的维生素，也为我们的语言和感情提供了维生素，我们的诗歌和日常言语中常常用它们做比喻，它让我们看见了爱情、友谊的颜色和质地；向土豆、红薯、地瓜感恩，它们默默生长于泥土里，在被埋没的境遇中，仍坚持植物的使命，寻找着，汲取着，把隐藏于地层中的糖分和矿物质捧给我们；向芨芨菜、灰灰菜、鱼腥草、车前草、薄荷、藿香、灯盏花感恩，它们既是食物也是药物，它们奉了土地的叮嘱，如此温柔恳切地呵护我们成长，又细心谨慎地守护我们的健康，望着这些小小的甚至卑微的美丽植物，我真不知道该用怎样的心情和语言,来礼赞和感激它们。

　　向河流感恩,向水感恩。河流从远古、从云雾深处一路走来,它搂抱着山脉、村庄和城市,搂抱着我们每一天的日子,它经过的地方,连石头和沙粒也变得湿润,连动物的毛色和叫声也变得鲜亮,我们内心的水域因了一条条河流的注入而渐渐变得深邃辽远。向泉水感恩,它从幽暗的地层深处提炼透明的乳汁,就像诗人在漆黑的长夜里构思关于黎明的诗句。向溪水感恩,它们像大地的毛细血管纵横交织,在大河流不到的地方,它们细心照看着偏僻地带的植物和鱼,当一个女孩子伏在小溪边照自己的影子,而周围的水仙、野百合也投去自己的影子,这时候,你难道不觉得,正是这小小溪水营造了纯真生动的天然之美?向村头的那眼古井感恩,唐宋元明清,甚至远在汉朝,就有它了,它是一只凝望千秋的眼睛,而每天清晨,最动人的就是父亲弯腰取水的身影,那一刻,他从井里提取的,难道仅仅是一桶水?他把千年的怀想也提上了地面,生存就变得像水井一样幽深。向深夜里屋檐上滴落的雨水感恩,那断断续续的声音,叙说着经历了暴风雨之后,一颗被净化的灵魂的旷远心情,把那或细密或疏落或急切或徐缓的声音串起来,莫不是一曲小桥流水的古乐,莫不是一首情思深远的宋词?

　　向动物感恩,向生灵们感恩。向耕牛感恩吧,它负着重轭耕犁了几千年的岁月,漫长农业文明的历史,就是农夫与牛共同耕作的历史,请掬起泥土嗅嗅,几乎每一粒土里都散发着牛的气息;向奶牛感恩,它被迫中止了做母亲的愿望,而把乳汁交给人类,交给婴儿的奶瓶,我已经几十岁了,我有时也喝牛奶,小时喝母亲的奶,

大了喝牛的奶，一生一世，我们何曾脱离过母性的哺养？向羊感恩，它们在辽阔原野上一茬茬生长，一茬茬消失，它们"咩咩"的叫声是天地间最纯真的歌唱，而此刻，我情不自禁摸了摸我身上的羊毛衫，仿佛摸到了羊身上的温暖——有多少只羊守护着我的体温？在远离草原的地方，我的身上却覆盖着草原上的青草和阳光，这全是因了那些温柔天真的羊。向马感恩，向驴感恩，它们负载了额外的生存重量和压力，使我们得以有了相对轻松的生存，使我们有了休息、沉思、遐想的时刻，我甚至觉得，马和驴代人负重，正是造物者的良苦用心：动物多做些体力活，这样人类就可以静下来沉思生存的意味，领略天地的大美，酝酿高尚的思想，当一个古代诗人骑马涉过河流，吟出一首流传千古的诗章，我们能不能说马也参与了这首诗的创造？"嘚嘚"的马蹄，是至今仍在我们耳畔缭绕的不朽诗韵。向昆虫感恩，向蚕感恩，"沙沙沙"，它咀嚼和吐丝的声音是弥漫千年万载的细雨，丝绸穿在历史的身上，针针线线，都是辛苦的蚕和辛苦的织女们纺织；向蝴蝶感恩，它在春天深处传布着草木之间的好消息，它搬运着美，在搬运途中死去，死去了，就沉睡在草木根部，让来年的花朵汲取它的气质，它就像一个寓言，告诉我们，在自然界，存在着一种为美而美、为艺术而艺术的纯粹生命形式，比如蝴蝶；向蟋蟀、蛐蛐、蝈蝈感恩吧，向连夜工作的纺织娘感恩吧，它们在阡陌、田间、旷野、荒郊、墓地、墙角、路畔、草丛，修建了自己的简陋房舍，在小小作坊里，做着我们不理解的事业，用细细的琴弦，弹奏着孤独感伤的乐曲，我们永远不知道它们为什么而活着，它们也从不因为我们对它们的不了解和有意

李汉荣
散文精选

无意的伤害，而责备我们或报复我们，它们永远把我们当作它们放心的邻居，从远古到如今，它们围绕我们歌唱着，念念有词地对我们说着什么，告诫着什么，我们都不怎么理会，只是偶尔，一些爱幻想的少年和诗人突然从它们的声音中听见了什么暗示，就脱口说出几句童谣或歌谣。总之，这些可爱的令人费解的虫子们，以它们永不失传的语言，述说着它们生存的寂寞，也减少了我们的寂寞，它们是一些演奏无标题音乐的音乐家，它们的音乐无法解释，如同风声和水声无法解释，那是洒向心灵的声音。向鸟感恩吧，向燕子、喜鹊、布谷鸟、黄鹂、白头翁、麻雀、白鹤……向所有的鸟感恩，它们在森林，在河流，在原野上空，在所有它们能到达的地方，飞着，歌唱着，为简单的生存辛苦劳碌着，在大自然的教堂里，它们是传播福音的真正天使；有鸟歌唱的地方，一定是适宜人居住的地方，也是适宜于诗生长的地方，没有鸟的地方，我发现那里人情冷漠，诗意全无。鸟栖落在我们的屋顶上，这给了我们莫大的惊喜，一只见过天地大世面的鸟儿，看上了我们小小的屋顶，这该是多大的礼遇呢，这是不是说明我们的屋子虽小虽低矮，却并不亚于天堂，至少具备了天堂的一部分特征，比如安全、温暖、对美和善的事物不存恶意，要不，飞遍天空的鸟怎么会选中我们小小的屋顶呢？

生命中柔软的部分

生命中柔软的部分，是内心深处的那种善良，那种厚道，那种浸润着温柔之雾的体贴和同情。

在生活中，我时常被一些人、一些情境感动。那感动我的，不是人性中坚硬的部分，甚至也不是刚强的部分，而是人性中温柔的部分，接近于水的那部分。

坚执、刚强、果决，这些都是不错的品质，但我钦佩这些，却很难为之感动。在理智上我知道这些品质对于生存和成功的重要性，但它们并不是心灵渴望的最好的东西。

心灵渴望的是体贴、温柔、宽厚、谅解，是同情与爱。

多年前我读过一篇法国作家写的短篇小说，写的是一位离异少妇乘飞机旅行，下飞机以后，机场上风很大，又在下雨，同时下飞机的一位中年男子从这位女士身边经过，看见她的围巾被风卷起，就停下来帮她系好围巾。这个细微的动作竟深深感动了这位少妇，以至于她爱上了这位男子，并最终与他结为眷属。

李汉荣
散文精选

在那位少妇的心中，那无意中流露的关切和同情，一定是源于一个人的内心，透露出这个人本性中的善良和温柔。而这个人既与她没有任何直接的利害关系，也根本没有想通过这一友好的举动换取什么。那么，他对一个陌生人的关心就更具有人性的温暖了。

这个世界有着太多坚硬、粗暴、冷漠、残酷的东西。铁、水泥、玻璃……构成了一个机械僵硬的世界。而我们的文化中、生活中、心性中，似乎也越来越多地充斥着铁、水泥、玻璃……自然界的荒漠化在加剧，心灵的荒漠化似乎也在加剧。无论物质世界或精神世界，都渴望温柔的滋养。

在历史上，曾经出现过激烈的冲突、敌意和争斗，在仇恨的废墟上，也站立起一些"英雄"，但无数的平民却为此付出了高昂的代价。纵观历史，恶的杠杆或许对历史的进程起过推动作用，但就对人性的影响而言，仇恨和敌意从来都是负面和消极的。现代人越来越明白：人类和众多生命，都是地球这只独木舟上的乘客，谁都应该活下去，谁活着都不容易，理当同舟共济、患难与共。敌意、仇恨、暴力，如同泥石流，会毁坏生存的植被和人性的水土。人的心灵永远都渴望善良的情感和柔软的事物。

很多老人告诉我，他们常常回忆那些给过他们温暖和同情的人和事，也常常忏悔自己当年做过的对不起别人的事。有一个老人告诫我：人活着，千万不要动害人的念头，更不可做损人利己的事。人要温柔宽厚，不可使强用狠，强硬的人或许会占点便宜，但温柔的人却是美好的。

一座高大的山让人震撼和敬畏，为它的海拔、它的气势。但山

再高总有限度，与天空相比，再高的山也只是稍稍高出地面而已。如果这座山有清泉，有碧溪，有柔韧的藤蔓，有妩媚的野花，有诸如此类的柔软的事物，这座山就不只是让人仰望，而是让人热爱了。比起它的高、它的石头般的刚硬，这些温柔的东西更贴近人的心灵，更能让人感到这个世界的安全和柔情。因为有这么多能给人心灵带来抚慰的事物，这座山就成为心灵的一部分了。

让柔软的事物、善良的情感多一些，再多一些，让森林和清泉永远驻守在我们的心中。我们膨胀的欲望让生活中的敌意和粗暴不断增长，人性屡屡被它伤害，爱一再推迟了归来的日期。是时候了，我们何不让贪婪休息，让嫉妒放假，让仇恨退休？我们何不来一次心灵的扫除？把那些盛满脏水的坛坛罐罐搬走吧，让田野的绿色进来，让天上的白云进来，让记忆里那些鲜活的草木进来——让它们在内心中组成一片温暖、柔软的原野。

对孩子说

　　你必须吃很多粮食、蔬菜、水果，饮很多水和奶，才能使自己的身高和体重渐渐增长。记住，是土地供给你营养，让你渐渐高出土地，你不要忘了随时低下头来，甚至要全身心匍匐在地面上，看看土地的面容和伤痕，为了你站起来，土地一直谦卑地匍匐着，在伟大的土地面前，你一定要学会谦卑。

　　为了生长，你不得不多吃一些东西，这就不得不请求别的生命的帮助。这就难以避免地伤害了它们，憨厚的猪、勤劳的牛、忠实的狗、善良的羊、活泼的鱼、诚恳的鸡……都帮助了你的生长。多少牺牲成就了你的生命？看似理所当然的过程，实际却充满着疼痛和伤害。为此，感恩和忏悔，应该成为你一生的功课，这样或许沉重了些，但沉重之后，你将获得真正的美德。

　　你将吃很多的盐，让它渐渐汇成内心的深海，并体会那种咸的感情。

　　你将翻过许多山，很可能你找不到通向峰顶的路径，那么继续

攀援吧，许多迂回重复的路，使你的记忆弯曲并有了深度；而当你终于到达山顶，你会看到更远处那积雪的山峰，于是你知道，你必须不停地出发，生命就是不停地开始，只有过程，没有顶点。

你必须经历很多个夜晚，为此，你应该多准备一些灯盏。学会把灯高高地举起，不仅照亮了自己的夜晚，也为远处的另一位夜行者提示了路的存在。

永远向高处、向远处敞开胸怀，你将获得辽阔的心胸和源源不竭的激情。

但是孩子，你必须随时把目光从高处远处收回，看看低处，学会尊重和热爱低处吧。热爱低处的人，热爱低处的劳动，热爱低处的水域。化作一滴水汇入低处吧。最低处的海，最低处的水，养活着这个世界。

当然，孩子，我仍然没有说清楚什么；真理的金子是隐藏在黑暗的泥沙里的。为此，你必须走向你的河流，深入你的波涛，淘洗和寻觅吧，当整整一条河流都从你的手指间漫过，或许你会发现一些闪光的颗粒。

即使注定不会有什么发现，你也必须走向河流，与它一同发源，一同奔流，一同历险，一同化入苍茫。

孩子，向自己的河流走去吧……

我们为什么活着

看见雪,我就情不自禁地感到自己的不洁和浑浊;把自己的全部情感和意识集中起来,能提炼出一朵雪的纯洁和美丽吗?不忍心踩那雪地,脚上的尘埃玷污了它,记忆里就少了一个干净的去处。

从一棵古树下走过,总是感叹。它从古代就站在这里,它在等待什么呢?它这样苍老,深深的皱纹,让人看见岁月无情的刀刃。它依然开花、结果,依然撑开巨大的浓荫。不管有没有道路通向它,它都站在这里,平静而慈祥,像一个古老的、圣者的微笑。

一棵树就撑起一片绿荫,它所在的地方就变成风景,风有了琴弦,鸟有了家园,空旷的原野有了一个可靠的标志。我生天地间,真比一棵树更有价值吗?我能为这个世界撑起一片绿荫,增添一处风景,能成为旷野上的一个可靠的标志吗?

一棵小草,也以它卑微的绿色,丰富着季节的内涵;一只飞鸟,也以它柔弱的翅膀,抬高大地的视线;一块岩石,也以它孤独的肩膀,不顾风化的危险,支撑着倾斜的山体;一条鱼、一粒萤

火、一颗流星，都在尽它们的天命，使无穷的大自然充满了神秘和悲壮……

人是什么？人活着的价值究竟是什么？我们天天吃饭（包括吃山珍海味），这些东西除了少量被身体吸收，大部分都变成肮脏的排泄物；我们天天说话，口中的气流仅能引起嘴边空气的短暂颤动，很少能感动别人也感动自己，话，基本上是白说了；我们天天走路，走到天边甚至走到天外的月球，我们还得返回来，回到自己小小的家里；我们夜夜做梦，在梦里走遍千山万水，醒来才发现自己仍然躺在床上……那么，人活着的价值究竟是什么？

我活着，全靠自然、众生的护持和养育，我这一百多斤的躯体，从头到脚，从里到外，浓缩了大自然太多的牺牲，浓缩了人类文明的太多恩泽。这皮鞋皮带，令我想起那辛苦的耕牛；这毛衣毛裤，仿佛让我感到另一个生命的体温；这手表，小小的指针有序地移动着，其微妙的动力当追溯到宇宙的神秘运作；这钢笔、这墨水、这纸、这书籍、这音乐、这萝卜青菜、这白米细面、这煤气灶、这锅碗、这灯光、这电脑、这茶杯、这酒……我发现，这一切的一切，竟没有一件是我自己创造的！全部来自大自然的恩赐和同胞们的劳动。我占有的、消耗的已经太多太多了。为了我文明地活着，人类支付了数万年刀耕火种、吞血饮雨的昂贵代价。为了我快乐地思考，太阳、地球、动物、植物、矿物以及整个宇宙都在没有节假日地忙碌着、运作着。为了我舒畅地呼吸，大气层、河流、海洋、季风、森林、三叶草以及环保站的工人，都在紧张地酿造着、守护着我们须臾不能离开的空气……

李汉荣
散文精选

我享用着这一切，竟不知道努力回报，却常常加害于我的恩人们：我投浊水于河流，我放黑烟于天空，我曾捕杀那纯真的鸟儿，我曾摧折那忠厚的树木，我曾欺侮赐我以大米蔬菜的农民大伯，我曾鄙视赐我以清洁清新的环保工人……

我一伸手，一张口，就享用着大自然，就占有着无数人的劳动成果。即使我躺在床上，不吃不喝，我也在享用着。我至少在享用这木头制成的床以及这棉被、毛毯（而这都不是我创造的），我同时也在享用这和平宁静的环境（而此刻守边的军人正穿越一片丛林，蹚过一条冰河）……

享用着，几乎是时时刻刻日日夜夜地享用着。享用？难道人活着仅仅是为了享用？如果不是，那么人活着的意义究竟是什么？

以真诚的感恩去回报大自然的恩泽。

以加倍的创造去回报同胞们的创造。

于是，感恩和创造，就成为人生最动人、最壮丽的两个主题。

于是，我听见万物都在默默地启示我——

蚕说，用一生的情丝，结一枚浑圆的茧吧。

树说，为荒凉的岁月撑起一片绿荫吧。

煤说，在变成灰烬之前尽量燃烧自己。

野花说，让你的生命开一朵美丽的花……

星　空

　　在旷野，在寂寞的山地，多是在没有月亮的夜晚，我经常独自一人长久地仰望星空，我被那无限的神秘、苍茫和辽远深深震撼着，思绪被引领到无思、无言之境，只剩下对无涯时空的敬畏，灵魂澄澈而浩瀚，似乎包容宇宙又被宇宙包容。我化入万物和星空。这时候，我常常泪流满面。

　　银河，那世世代代流过众生头顶的大河，那启动哲人灵思、灌注诗人情怀的神的大河，竟是由若干亿颗恒星汇成的光的大河。空间的波浪，时间的漩涡，元素的泡沫，奔涌不息，生灭不止，演绎着无比丰富深奥的神学或哲学命题。小小地球，是这长河的一滴水或一滴泪？小小人间，是这天书的一个惊险或传奇的细节？银河绕着银心自转，同时又绕着更大的星系旋转，每一秒钟都在改变着它在宇宙中的方位，也就是说，银河在宇宙的莽原上不停地奔流，在奔流中开辟自己的河床。如果宇宙中有一双纵览八荒的神眼，它会发现整个宇宙都在奔腾着，如一条奔腾着的巨大长河。作为一滴

李 汉 荣

散 文 精 选

水，地球也随着它的母亲河——银河，奔腾着，星群追赶着星群，雪浪簇拥着雪浪。一个奔腾着的宇宙景象，该是何等宏伟悲壮。而芸芸众生，这些寄存在"一滴水"上的奇妙生物，真是既抽象又具象，既卑微又伟大啊——我们和地球这滴水、和宇宙的大河一起奔流着、奔流着。我们存在着，或许只是一个微乎其微的细节，除了我们自己在乎自己，宇宙根本不知道我们的存在。我们却以自己的方式，浓缩着宇宙的命运和奥秘。我们，在奔流中呈现了自己，也揭示着宇宙。

古代哲人说："宇宙便是吾心，吾心即是宇宙。""天地与我并生，而万物与我为一。"大哉斯言！从有宇宙的那一刻就有我了，大爆炸的那个瞬间就确定了我血的颜色，构成我身心的每一粒元素都曾经和宇宙万物一起生灭轮回，经历了百亿年的沧桑，这些元素终于结晶成小小的我。我，实在是浓缩了宇宙奥秘的晶体，是一座供奉时间神灵的小小庙宇。生命的化育看似容易，实则是难上加难的事情。区区几十年，却必须以百亿年的宇宙演化史作为背景和条件。那么也可以说，造就任何一个生命——无论是拿破仑、一只麻雀、一只蜻蜓或一条狗，都是亿万年才能完成的大工程。明白了"天地与我并生，而万物与我为一"，就在更高的哲学和宇宙学的意义上理解了生也彻悟了死，达到"生不忧、死不惧"的通达境界：我生，我来了，携着亘古的奥秘，我向宇宙呈现我自己；我死，我走了，我回归我的起源，以简单的元素形态，我汇入时间的洪流，继续参与宇宙的演化，在另一个时间的另一片空间，我仍会有重新出场的时刻。"俯仰终宇宙，不乐复何如"，陶渊明先生如是说。我

有点明白庄子的境界了。他妻子死了,他鼓缶而歌,这不是庄子寡情,这恰是哲人对生死彻悟之后的静穆与通脱:生是节日,死也是节日;生,以鲜花欢迎,死,以鼓声欢送。离开了人间,他(她)并没有离开宇宙,聚则为形,散则为气,他(她)去了,化作空气、水、泥土,在我们不知晓的时空里,重新获得命运。

天文学家说:万物都是以光速呈现的,宇宙就是一个巨大的光速现象。我们眼中的宇宙万象,是无尽的光的序列,也是无尽的时间序列。星夜极目眺望,你看见的星光星河,都是穿越多少光年而来?一千光年?十万光年?一百亿光年?它们来自远方,来自宇宙深处,"有朋自远方来,不亦乐乎"?一瞬间,你与无数客人相遇,这么多光簇拥着你,抚摸着你,雕塑着你,你是静立于光之海洋的婴孩。全宇宙的光都归你享用了,全宇宙的时间都汇聚于你——你是多么奇妙的宇宙片段。而你不也是一束光吗?你也以光速向宇宙呈现你的影像,你到达宇宙深处的一双巨眼,需要跨越多少光年?一千光年?十万光年?一百亿光年?当那双巨眼看见你的时候,你或许早已是远古的传说了——你早已走了,到宇宙的另一间房子里去了。我们是在和宇宙万物捉迷藏,我们出现,我们隐藏。死是什么?不就是藏起来吗?过一会儿,我们又出现在星光月光里,或许我变成一只鸟,一棵树,一朵花?或许我变成一缕电波,在广袤宇宙旅行,叩问彼岸世界无穷的门,结识我无处不在的知音?

"无限空间的永恒沉默使我恐惧!"法国哲人帕斯卡尔如此感叹。如此浩大的宇宙,却是一个不说话的哑巴,细想来,这是一件多么可怕的事情。大象无形,大音无声,或许,宇宙就是一声旷古

李汉荣
散文精选

浩叹？那么今夜，我就安静下来吧，静听无声中的大声，静听宇宙古庙里，群星敲响的钟声。静到极处，我就会听见，宇宙就是一个声音的海洋，我也是它的一个小小音节。融入它，消失于它声音的洪流里，这时候，我听见，宇宙在深呼吸，它永远在深呼吸，浩然之气充塞虚无，弥漫古今。而我活着的最高境界，乃是感应这精微而浩大的存在，呼吸它，赞美它，直到融入它。

伟大的智者爱因斯坦说，个人的生活给他的感觉好像监狱一样，他要求把宇宙作为单一的有意义的整体来体验。由此，这位智者对一切以人格化的神灵作为信仰对象的宗教均持怀疑态度，而他认为唯一可以信仰的宗教是"宇宙宗教"，在他看来，宇宙就是一位奥秘无穷的大神。它那宏伟的结构，浑然的秩序，无限的涵纳，就是超越任何心智的智慧大典，是元素的交响乐，是时间的史诗。面对它，人类的一切狂妄、欺诈、贪婪、猥琐，都显得何等可笑；面对它，任何一个有正常心智的人，都会得到净化、提升，心灵变得宏阔、高远、澄明起来。宇宙是一个伟大的教堂，生命就是宇宙的信徒，而所有的语言都是献给宇宙的祈祷文和赞美诗。最新的天文学观点（并得到天文观测的证实）认为，宇宙始于数百亿年前的一次大爆炸，从那一刻起便有了时间、空间，有了元素和生命的最初信号。如今宇宙仍在延伸着，它隆隆的爆炸声响彻在遥远的边疆，在虚无中，它仍在拓展疆土，这伟大的史诗，仍是一部未完成的草稿。

我确信，人类的完善和真正的解放，在于人类对自己所置身其中的宇宙以及自身历史和命运产生深刻理解，并由此获得并非源于

迷信，而是得自觉悟的宇宙宗教感，心智由此变得通达、澄明、仁慈和谦卑，对万物和自身有一种发自肺腑的敬畏感、亲和感。"与天地参"，在开放的宇宙意识的笼罩下，俯仰万物，反观自身，我们就会更多一些爱和自由。当古老的宗教教义和偶像有许多已经被弃置，人类持续数千年的精神法则和内心生活已被技术主义、消费主义所瓦解，人类莫非只剩下一种"宗教"：金钱拜物教？蔑视信仰就是否定心灵，否定了心灵人类还剩下什么？最终是否定了生存的意义。我相信爱因斯坦的"宇宙宗教"将会成为人类新的精神资源。我们不可能在精神的荒原上建立起人的天堂。人是宇宙中的人，人应该找到通向宇宙的内在通道。内宇宙和外宇宙和谐融合，人才能拥有一个完整的意义宇宙。

也许，一边劳动，一边在星空下歌唱，就是一种诗意栖居，就是人的生活，也是充满神性的生活。

辑六 千秋赤子心

孩子的天真话语里,看似无心无意,却有着天地心和无限意。小孩子常常就是大哲学家。

李子树下走来我们的老子

老子，李耳，字聃，是我国古代伟大智者，仅留下《道德经》五千言，却字字如钻石，如恒星，长久地烛照历史的夜空。

此刻，我又重读了其中一节，一度沦陷、迷失在时代雾霾废气里的我那浮浅狂躁的心智，忽觉安静、澄明、宽阔起来。

抬起头，扫视我写下的累累文字，以及无数的笔写下的、无数的键盘们敲下的、堆积的、泛滥的、如山如海的文字，真是汗颜呀，那么多那么多的如恒河流沙的字啊，究竟有几个字可以洗心、铸魂呢？有几个字值得细读深思呢？有几个字可以不朽呢？

我想，老子，是我们共同的老子，皇帝也必须称他为老子，老子老子，我们叫了几千年，而且将世世代代这样叫下去。我们有这样一个伟大的老子，我们就不敢充大，就不敢充爷，就不敢充大师巨匠，就不敢充泰山北斗，就不敢充老子，因为我们有一个好老子。

当然，老子并没有想当我们的老子。老子想的是如何怀朴抱素，如何"复归于婴儿"，即做一个宇宙的婴儿，自然的赤子。

令他想不到的是，他这个婴儿、赤子，却成了我们的老子。

有老子在，我们就不会轻易被别的爷、别的老子所哄骗，所迷惑。因为，我们有一个好老子，真老子。

我又想，老子与李子树同姓，那么，他在李子树下走过吗？他修真悟道时，是否在李子树下长久地静坐冥思，长久地凝视深邃莹澈的星空呢？释迦牟尼在菩提树下静坐冥思，凝望星空，终于得了天启，证悟了无上智慧。我们的老子也应该在树下静坐冥想过，那棵树肯定是李子树。是否有那么一颗李子掉下来，砸中了老子宽阔的额头，触动了他的神思呢？

桃子太魅，葡萄太酸，柿子太软，荔枝太腻，枣子太甜，木瓜是爱情的信物，苹果呢，时常要用来敬神灵——这些，估计老子都见过、尝过，但未必很喜欢。

李子朴朴素素，普普通通，干干净净，安安静静，老老实实，李子，是宇宙的婴儿，是自然的赤子。

亲爱的老子啊，你是李家的孩子，我相信你家门前曾有一棵李子树，你爱李子树，也吃过李子，你在李子树下长久静坐，冥想着那些天长地久的道理。

古语说：真味只是淡，真人只是常。

我相信，老子是一个朴素慈祥的真人，也是一个安静厚道的常人。

真人才会有真知，常人才会得常道。

我们的老子，你是李家的孩子，你是李子树下走过的朴素孩

子，你是自然的纯真孩子，你是宇宙的谦卑赤子。

然后，你才是我们的老子。

永恒的老子……

水边的孔子

孔子说："逝者如斯夫，不舍昼夜。"这是孔子站在奔流的水边说的话。我想象中的孔子总爱站在水边沉思，话不是太多，偶尔说一句，也是极简短的。他不愿在流水面前插嘴，他觉得流水已经说出了天地的大奥秘。如这流水一样，万物都在一一呈现又一一流逝，汇成浩瀚渺远的"过去"。人生，就是与永恒打一次照面，交换一个手势，在流水里投去尽可能完美的倒影，并为之动容和惊喜。"逝者如斯夫，不舍昼夜"，这句话是哲学也是诗，包含了孔子对苍茫宇宙的浩叹和对短暂人生的留恋，也隐隐透出一种浩大的悲剧意识。孔子没有展开对宇宙和生命的终极思辨，因为他有太多的对人间事务的关怀。面对飞逝的流水，孔子更执着岸上的人生。孔子的哲学是这般朴素亲切，这大约是他总在水边沉思的缘故。流水打湿他的语言，加深了他的思想，所以，孔子的深刻是水的深刻，谁都可以盛一勺带进自己的生活，但谁也不能穷尽它，更多的时候只能倾听并接受他亲切的渗透。现在的哲学家们、学者们，大多是

些孜孜不倦的书虫，几平方米的书斋成了他们的宇宙，语词的火焰烧烤着他们，我们经常能啃到油炸的概念和爆炒的原理，有时也能领到一盘凉拌的哲学，但很少能尝到那种鲜活的思想和朴素天真的生命体验。除了世界的变迁和文化日益被商业操纵造成的窘境，是否还有一个原因：哲学家们远离了水，他们不在水边沉思或咏叹，他们是坐在沙发里工作、操作或写作。我多么想看见孔夫子，那个在水边随意坐着或站着，朴素地与我们说话的孔夫子。

孔子还说："多识于鸟兽草木之名。"看来，孔子不仅爱在水边行走，也爱在原野上行走，露水打湿了他的裤腿，蟋蟀在他身边朗诵《诗经》里的句子，鸟盘旋在屋顶，忽又飞上天宇，他的思绪也随之飞升，而后更沉重地降落在烟火缭乱的人间。"蒹葭苍苍，白露为霜"，两千多年前那个白色的早晨，一直流传到今天。我想象，孔子一定从苍苍芦苇里走过，纵目万里霜天，他看见了秋水中的"伊人"，他看见了荒寂中的一缕情意，于是他吟咏："蒹葭苍苍，白露为霜。所谓伊人，在水一方。"

我想象中的孔子，总是走在水边，走在原野上，流水、泥土、草木的气息、禽鸟的声音时时环绕着他。他在大地上行走，他与万物同行，万物也逼真地呈现了他的思绪。他把他的感动朴素地说出来，至今仍令我们感动，这是孔子的魅力，这也是大地的魅力。

陶渊明的东篱

一畦韭菜，整整齐齐地，把自己排列成谨严的七律，不，是五律，因为它句子更精短；葱则大大咧咧，或双手叉腰站着，或随了风趔趔趄趄站着，无论怎么站着，总是葱的样子。一行芹菜，一行白菜，面对面好久了，一场雨后，忽然出落得都不像自己：它怎么是青青的，它怎么是白白的？互相痴痴打量一阵，终于明白了，都是古代一路走来的菜嘛。野茴香，东一丛，西一窝，散落在菜与菜之间，花与草之间，像散落在民间的格言。包菜，没有多余的心事，就那么一点心事，还是露水告诉它的，它就认真地把那珍贵的秘密卷起来，用月光一层层卷起来，密封着，把一生的念想打成包，寄往来世。

这是野地更野的一隅。四周青山环列，溪泉鸣溅，草木秀茂，杂花纷呈；几只候鸟翩飞着，忽然惊喜地降落——眼前是一座清清爽爽的茅庐。茅庐前，是一方清清爽爽的菜园。

在溪之北，竹之南，若看见菜园，会同时看见东篱。

这是东篱，这是清晨。篱笆上，喇叭花举起淡紫的、纯蓝的喇叭，吹奏着宇宙的清澈；一旁的芭蕉，默想着某句偈语，同时伸开手，捕捉风的微妙动静；野薄荷亮出一身的露珠，请早起的燕子清点，一二三四五六七，再也数不下去了，燕子索性不数了，它知道这个早晨的珍珠和钻石，是无论如何也数不清的。

东篱之南，雄鸡跳上高高的柴垛，仰起脖子，朗诵着一首热烈的抒情诗，邀请旭日。

起雾了，雾是半透明的、淡蓝的雾。在这样的雾的掩映下，世界像刚刚诞生，又像是按一个古老约定返回到远古的某个时刻，重新接受神的教诲。

雾未散去，柴门未开。清晨，是上苍刚刚送达的信，尚未开封。

雾将散去，或雾已散去的时候，柴门开了。

在东篱，诗人看望了菜园。看望了喇叭花，看望了野薄荷，看望了芭蕉，向雄鸡问了早安，然后，他开始采菊。伸出手，暗香已盈满衣袖。他忽然想起了什么，于是，他抬起头，悠然，他看见了南山。

他看见南山也别有深意地看着他。

他看见南山以及南山之上的永恒苍穹，是那么蓝，那么深远。

菊，落在地上。

他仍在看，看。

他看见了无限……

223

李白——梦游的孩子

一、人类精神史上的奇迹、奇才、奇人

李白是伟大的诗人，是天才，也是酒徒。打开李白的诗，就会感到一种铺天盖地的侠气和酒气，扑面而来。好像整个唐朝就是一间巨大的酿酒作坊，长江黄河都是酒的波浪，风雨雷霆都是大唐气冲霄汉的酒令，地上的三山五岳，天上的日月星辰，都是高高举起的酒杯。我是太羡慕生在盛唐的古人了，他们简直是在激情、月光、酒和诗的笼罩下过着浪漫、微醺的日子，天天都在体验生命的高峰状态，时时都有脱口而出的千古佳句！不得了，简直了不得！大地变成了酒坛，也变成了诗坛，整个盛唐就是一个飘着酒香和诗香的巨大酒坛和诗坛。诗与酒，成为整个民族的生存仪式和生命信仰，这简直是人类文明史的奇迹，是人类精神历程的奇迹。我当然知道唐朝（包括盛唐）也有不幸，也有苦难和阴影，但我相信李白

时代的唐朝是最浪漫、最富诗意的,是大地史册上最精彩的一页。人的最高生存境界是"在大地上诗意地栖居",受诗意之光照耀的唐人,曾经创造了最好的栖居方式。

  唐朝是中国乃至人类历史上的奇迹,李白是中国精神史上的奇迹,是我们民族的千古骄傲。宇宙中有无数个太阳,宇宙中却只有一个李白。自然现象可以无限重复,无法重复的是巨大的精神现象。感谢李白,他用天真的诗情为我们打磨和保管了最好、最皎洁的月亮,我们的夜晚从此不会变得伸手不见五指,即使在漆黑的夜半,也总有他月光一样的诗句为我们照明。感谢李白,他用瑰丽的诗篇为我们酿造和储藏了最好的生命美酒,即使在市侩当道、伪劣盛行、诗意稀薄的浑浊年代,我们打开他的诗,就打开了真情弥漫、灵性芬芳的千古窖藏,我们仍可以邀明月共饮,与北斗碰杯,与永恒共醉,我们一度变暗的心灵又被盛唐的月光照亮,我们萎靡的情怀又被不朽的诗情重新激活,重新敞开,向真理和无限的星空敞开。"佳思忽来,诗能下酒;侠情一往,云可赠人"。诗中的李白和传说中的李白,一次次进入我们的精神和生命,为我们重新配置灵魂,凡是受过李白感染的人,身上或多或少都注入了古代中国的纯真情思和浪漫气息。"安能摧眉折腰事权贵,使我不得开心颜!""五花马,千金裘,呼儿将出换美酒,与尔同销万古愁"……李白天真得可爱,纯洁得可爱,豪放得可爱,我不知道如今世上还能找到几个像李白这样可爱和有趣的人。反正我找了半辈子,至今还没见到踪影。

二、他在梦境里梦见另一个梦境

李白的一生，是醉酒和梦游的一生，随便翻开他的诗，就有一种酒气和醉意扑面而来。他是浪漫主义的酒仙和超现实主义的诗仙。左一杯黄河，右一杯长江，诗笔一挥就是半个盛唐。凡他足迹所至，都留下动人的酒令和精彩的诗句。天生一个月亮照亮了万古夜，天生一个李白浪漫了万古心。山因李白增色，水因李白添美，月亮因李白更皎洁，宇宙因李白更深邃。我们的大地，因留下了李白的足迹而更值得留恋；我们的母语，因收藏了李白的韵律而更富于魅力；我们的人生，因沐浴了李白的诗情而更值得一过。

我常想，我这一生乏善可陈，唯一可以自慰的是我与李白同姓，即使我一生碌碌无为，即使我一路荆棘缠身，我也不会轻易自杀，万一一念之差把绳子套上脖子，我会忽然记起"黄河之水天上来，奔流到海不复回"的好诗，啊，去你的绳子，我哥哥李白亲口给我叮咛过：我随黄河天上来，我怕什么奔流到海不复回！于是，我"砰"一声踹开门，"仰天大笑出门去，我辈岂是蓬蒿人"，我提了一瓶五粮液，去找我的李白哥哥，换他的一千三百年唐朝陈酿老窖，我与他，"尽挹西江，细斟北斗，万象为宾客"。一杯一杯复一杯，"与尔同销万古愁"，喝上三天三夜，再喝三天三夜，还要喝三万三千六百个日日夜夜，直到喝干天上一千条银河。

当你知道天才的唐朝是醉醺醺的，天才的李白是醉醺醺的，唐朝的文化是醉态文化，唐朝的人生是梦态人生，你就会明白，李白

的诗，绝不能以清醒的、常人的意识去解读，更不能以实用的、狭窄的、庸俗的、小资的、过于唯物主义的眼光去解读，那样就会看走眼，把李白看扁了、看俗了、看小了。为什么呢？因为李白是满怀着激情和醉意，用一双天真的、清澈的、飞扬的、迷狂的醉眼俯仰宇宙，激赏万物，领略大美。他的眼睛看见宇宙万象，类似于婴儿第一次睁开眼睛打量世界，那是投向世界的第一瞥，那是一个精灵第一次与宇宙发生的类似于开天辟地的神话般的、如梦似幻般的相遇和初恋！如同天真看见了天真，如同彩虹看见了彩虹，如同梦境里梦见了另一个梦境，他们看见的不是我们这些俗人眼里的这个见惯不惊的世界，这个住久了、用旧了、活腻了的过于熟悉和沉闷的老世界，不，映入他们——映入孩子眼中的，是亦真亦幻的"幻象"，是宇宙展开的不可思议的奇迹，以及这奇迹对他们心灵的持续震撼、无边笼罩、多情撩拨和神秘暗示，是宇宙的万千幻象带给他们的一连串的惊奇、惊讶、惊艳和惊叹。

三、世故社会里永远长不大的孩子

我通读了《李太白集》里的千余首诗，我对李白有一个不容商量的印象：李白哥哥，他就是一个一生都没有长大的好哥哥，一个可爱的大孩子，他到老都没有我们所谓的"成熟"，没有丝毫的世故和圆滑，在儒教占统治地位的古老中国，在等级森严的宗法伦理社会，绝大多数读书人为了进入上流社会，为了求得功名富贵，都把自己打磨成处事练达、待人得体、进退有方、心机颇深（所谓

李汉荣
散文精选

"外圆内方")的阅世高人或处世人精,而李白一生似乎都没有接受所谓的主流价值观,一生都没有进入伦理等级的樊笼,一生都没有学会也不屑于去学会攀龙附凤、趋炎附势的人生依附学、溜须拍马学、随波逐流学。"我本楚狂人,凤歌笑孔丘",可见李白不屑于做孔教的信徒,这不只是理性的选择,更源于他与生俱来的精神血统和价值认同,他祖籍碎叶(即今吉尔吉斯斯坦境内),有着桀骜不驯的游牧血统,大约五岁时他才随家人迁居内陆腹地,在文化根性上他先天就属于另类,后来也极少受世俗伦理文化的习染而过分崇尚功名利禄,骨子里多的是傲骨而没有媚骨,心性里多的是浪漫激情而很少实用理性。他崇尚的文化,是楚地那弥漫着神性和巫性、蒸腾着醉意和诗意、将有限人世和无限时空融合得如梦如幻的诗性文化,他崇拜的人物,是庄子、屈原这样的集天地万物灵气于一身的"天人"和"赤子",而对那些终生都浸泡在世俗等级池塘里经营功名利禄的士大夫,他是看不起的,他不屑于像他们那样把人生的赌注都押在体制的赌场上,那种孜孜于追求仕进的"君子",在他眼里,其精神格局和生命气象,如同在蜗牛犄角里做道场,在蚂蚁窝里争输赢,那格局和气象,实在是太小太小了。

  李白一生都在不停地跋涉和漫游,在山水间跋涉,在梦境里漫游。他是在瑰丽奇幻、深挚迷醉的浪漫梦境里漫游了一生。这个大孩子好像没有家,他是以天地为家,以万物为友,以日月星辰为路灯,以无限宇宙为旅馆,以浩浩长风为导游,以银河为专列,以彩虹为专机,他游遍奇峰巨壑,他阅尽万里山河,他还想游遍宇宙星空!他想在有限之生里,穷尽无限之谜,猜透这个无比庞大、无比

神秘、无比深奥的永恒宇宙的哑谜！他走在追寻的长路上就是走在家里，他走在地球上，却幻想着他就要走进宇宙的中央办公厅，就要走进储藏着无穷神话和奥秘的上帝的那间神圣密室。

大孩子，这就是我通读李白全部诗作之后对他的整体印象。

四、呼作白玉盘：大孩子心中的月亮

孩子总是多梦的，李白这个大孩子的一生，就是做梦的一生，是在梦境里漫游的一生。

此文仅以李白诗中呈现的月亮、山水之意象，略窥诗人的梦态人生和醉态诗境。

恰如天下的孩子都痴迷那凌空出现的月亮，都喜欢在月光下仰观宇宙之大，冥想万物之谜，都喜欢在月夜里奔跑、丢手绢、捉迷藏、数星星、看银河、想嫦娥、说牛郎，大孩子李白也是这样。他一生都酷爱着月亮，礼赞着月亮。在他眼里，月亮不大像是一个具体的东西，而是他在梦中遇见的一个神物，或者，那是宇宙在它自身的恢宏大梦里梦见的一个幻象。"小时不识月，呼作白玉盘"，从那白玉盘里，手一伸，就可以取出嫦娥姑娘送给我们的桂花糖。白玉盘，白玉盘，不仅是玉盘，而且是洁白的白玉盘，可以看见盘子边上吴刚师傅亲手画上去的精致花纹——此刻，你不妨抬头看天，你还能找到那个白玉盘吗？你看见的是什么呢？如今的月亮已经变成了一个灰不溜秋的破瓦罐！对不起唐朝，对不起祖先，对不起嫦娥吴刚，对不起李白哥哥，我们弄丢了你的千娇百媚的白玉盘，我

李汉荣

散文精选

们头顶只剩下一个灰不溜秋的破瓦罐！我们若是丢了十块钱，就会难过三天，我们丢了那么好的无价的白玉盘，却不知道心疼，我们傻啊！我们得赶紧连夜行动，找回那个千古宝贝，找回那个白玉盘，还给李白，还给人民，还给众生，还给童年，还给爱情，还给心灵，还给诗歌，还给上苍，还给宇宙；在长大了的李白眼里，月亮仍然是那梦中幻物，而非物化的实在之物："花间一壶酒，独酌无相亲。举杯邀明月，对影成三人"，瞧，大孩子举杯相邀，月亮立即应声而来，天、地、人、月顷刻相依相融。"我寄愁心与明月，随风直到夜郎西"，月亮，是这位大孩子的贴身信使，瞬间可达千里，将真挚友情进行超时空快递。

"床前明月光，疑是地上霜。举头望明月，低头思故乡。"这首妇孺皆知、明白如话的童谣似的短诗，何以能感动千古读者？那是因为这个大孩子说出了我们人人都有的情感体验：无论身在故乡或他乡，在寂静的月夜，当我们一梦醒来，低头看见，月光厚厚地、一层挨着一层落下来，积攒在那儿，似乎是可以用手掬起来赠给友人和亲人的，呀，这伸手可掬的月光，既是渺渺天意，也是厚厚人情，明月在这里，明月在所有的地方，明月在所有的夜晚，明月把所有的故乡都幻化成陌生的他乡，明月又把所有的他乡都塑造成相似的故乡。

李白是怎样离开这个世界的呢？大孩子李白，到最后的时刻他仍是一个大孩子，仍保持着他的赤子之心，做着他的赤子之梦："青天有月来几时？我今停杯一问之。人攀明月不可得，月行却与人相随。皎如飞镜临丹阙，绿烟灭尽清辉发。但见宵从海上来，宁

知晓向云间没？白兔捣药秋复春，嫦娥孤栖与谁邻？今人不见古时月，今月曾经照古人。古人今人如流水，共看明月皆如此。唯愿当歌对酒时，月光长照金樽里。"一生一世，这个大孩子都沉浸于宇宙万有的终极之谜，都在纯真的心里发着永恒的天问。传说李白是抱月而去的，他的死不是死，不是生命的终结，而是一个大孩子，一个宇宙之子抱着月亮远游他乡去了，月亮照耀了他一生，最后月亮带着他走了，他重新开始了永恒的浪漫梦游。

五、相看两不厌：大孩子眼中的山

且看这个大孩子眼中的山："山从人面起，云傍马头生"，险峻的山从人脸上陡然耸起，乌云傍着马头磅礴飘卷，人与山，同构了一个极端惊险的意象；云与马，共舞于一个深不可测的瞬间。人与马，既是天地的过客，也是天地万物和万有之谜的一部分。短短两句诗，寥寥十个字，似乎不经意间脱口而出，却浓缩了可以无限阐释的象征意味，我们可以联想到：宇宙与生命的悲剧起源和惊险处境，必然降临的生命之旅和同样必然降临的生命终结，如山耸山崩，如云生云灭。这既是自然险境的写实，也是梦境的实录，更是万物命运的象征。在李白那里，自然和人世万象，都不是逻辑和理性的产物，而是不可思议的宇宙大梦中闪现的奇异情景，是非理性的生命舞蹈。在我国古代诗人中，最富于浪漫情怀、终极关切和宇宙意识的有两位诗人，即屈原和李白，这两句诗就包含着追问天地如何起源的宇宙意识和生命意识，诗句有四个意象：山、人面、

李汉荣

散文精选

云、马头；两个虚词：从、傍；两个动词：起、生。极有限的篇幅，却压缩着无限的内涵，因为在诗人的瞬间直觉里，挟带了长久积压于潜意识中的生命困惑和宇宙冥想，天才的灵思和精良的造句，构成了一个浓缩着无限能源的语言和情思的核反应堆，足以释放远超过其语言体积无数倍的精神能量。由于平日笼罩于心的，总是对万有之谜和生命奥秘的无限关切和永恒冥想，所以无论何时何地一旦灵感袭来，总能倾泻出言有尽而意无穷的语句，寄托遥深，意境幽眇，有如神谕。这两句诗，有着让人如临其境的现场感、惊险感、压迫感，在直觉和具象里，灌注了抽象的追问和无限的冥思，由眼前险境，引人对生命与宇宙的终极奥秘的沉思，于是诗就具有了大于诗高于诗的宗教追问、哲学幽思和宇宙隐喻——这并非我的过度阐释，因为，孩子的天真话语里，看似无心无意，却有着天地心和无限意。小孩子常常就是大哲学家，不经意间说出了庸碌成人决然想不到也说不出的深刻的真理。对李白的天真诗和豪放语，当作如是观。

"夜宿峰顶寺，举手扪星辰。不敢高声语，恐惊天上人。"在这个总在梦游的孩子那里，现实和梦境，此岸和彼岸，碧落和黄泉，有限和无限，人界和仙界，是没有距离的，它们本是一体的多面，是渺渺大幻里纷呈的心相。"寂然凝虑，思接千载；悄焉动容，神通万里"；人在红尘，心通苍冥。在这座夜的山顶上，那伸向星空的手，已然与永恒相握，能否升天已不重要，此时，他的心魂已经抵达天庭的深处，他已经是天上人，有了天上的户籍。

"相看两不厌，只有敬亭山"，李白面对的山，不是我等俗人眼

中的石头之山，更不是用于"开发利用、升官发财"的商业矿山和旅游景点，而是有着高贵风骨的朋友，是从远古就一直站在这里，等待倾心交谈，等待生死相托的忠诚不渝的伟大朋友，李白与山久久相望，他望见了什么？他望见了一种侠肝义胆，望见了一种地老天荒也不会风化的忠贞情感。

六、别意与之谁短长：大孩子眼中的水

再看这个大孩子眼中的水。"黄河之水天上来，奔流到海不复回"，大水从何而来？大孩子说：从天上来。是的，这大水是从天上来，这大地还不是从天上来？这地球还不是从天上来？这万事万物，皆是从浩茫天宇间奔涌而来、一闪即逝的壮丽幻象。同样还是那条大河，梦游的大孩子再看它依然是："西岳峥嵘何壮哉，黄河如丝天际来"。那一根细若游丝的琴弦，弹奏着万古烟云，送走了百代过客。他看长江："登高壮观天地间，大江茫茫去不还"。他看见的是不停地与我们相遇又不停地与我们告别的长江，那已不仅仅是一条奔涌于天地之间的大河，那是一位独自穿越茫茫时空的孤独大侠的苍凉背影。同时，孩子眼中的一切，既是如此神奇，又是这般多情，"请君试问长江水，别意与之谁短长"，长江之水已经够深够长了，而李白心中的感情，比江水更深更长，无法测度和丈量。"桃花潭水深千尺，不及汪伦送我情"，在李白眼里，天地间浩荡的春水秋波，绝不是一个个分子，不是所谓的化学元素，不是所谓的用于买卖和消费的水资源，不，不是这样的，在李白眼里，那清清

李汉荣

散文精选

泉水、盈盈春水、耿耿秋水、浩浩江水，都是荡漾于天地间的情感波澜和思念深泽，都是永恒地奔涌轮回于时间河床上的记忆波涛！汪伦，一位酒馆的小老板，一个民间知音，一个草根友人，在大孩子李白心里的地位，却超过了帝王将相，超过了一个王朝。古往今来，在秋水之渡和春江之岸，有多少惜别和相逢，有多少泪眼和惊喜？因了岸上的汪伦对李白的踏歌相送，全中国的河流，从此都有了桃花潭水的幽深，千年的河岸，绵延着动人的诗意和温情。

"仍怜故乡水，万里送行舟"，你看，这个离家远渡的游子，这个可爱的深情的大孩子，他在动荡不已的岁月之舟上，看见了人世的深情，你看，这满满的一江澄碧，正是从故乡一路追来的水，紧紧抱定他的倒影不放，依依地诉说着，叮咛着，依依地为他送行……

千古诗圣赤子心

作为凡人的杜甫

诗人杜甫以他诗歌创作的实绩,以他忧国忧民、忧天忧地的赤子情怀,尤其是他将律诗创作的意境、格调和语言提升至空前高峰的卓越贡献,被后世誉为诗圣。我国数千年诗歌史上,诗圣只此一位,他的地位十分崇高。

我通读了《杜甫全集》,觉得他是实实在在的一个好人、凡人。他是很平凡的一个人。

人们说:把简单的事做好就不简单,把平凡的人当好就不平凡。大道至简,我以为此话揭示了做人处世之大道。杜甫一生,无须被神化和圣化,他就是老老实实做人、严严谨谨做事、勤勤恳恳写诗,他的一生体现了一个字:凡。

他早年也参加科考,想弄个一官半职,为国家做点事;他也想

李汉荣
散文精选

把日子过得好一点，住房稍微宽一点，能有个读书写作的小书房。他的好朋友、当时的成都尹兼剑南节度使严武资助他修缮了成都草堂，使他有了一段安稳的生活，有了一个放稳书桌的地方，他对此很感激，多次在诗里表达对严武的感念；国难当头，在流浪途中，他做过郎中，采药制药，望闻问切，为病人提供一条龙服务，收取一点低廉的辛苦钱，供一家老小糊口保命；他心疼妻子，惦念儿女，他是一个好丈夫、好爹爹；他后来当了个小官"左拾遗"，按时上下班，将办公桌擦得锃亮，文件摆放得如律诗般整齐，像写美文一样仔细撰写公文，从不收受贿赂，别人的酒都不随便喝一口，偶尔与同僚下班后喝一杯酒，他也是不会白喝的，一定要赠一首诗作为答谢。他是一个勤政廉洁的模范公务员；他爱朋友，念故旧，他与李白的友情很深挚，梦里都担心李白被魑魅魍魉害了；他爱山河自然，爱草木虫鱼，爱琴棋书画，爱明月清风，爱君子美人，当然，作为最善于运用语言的诗人，他爱语言，爱诗，诗成了他的生命信仰……

以上，常人也能程度不同地做到。你说杜甫平凡吗？当然，平凡。

但是，他能成为人们心中的千古圣人，他的貌似平凡的一生里，必有一般凡人达不到的非凡之处。

作为诗圣的杜甫

有一说法：智极成圣，情极成佛。智慧高深到极致境界就成了

圣人，情感仁慈到极致状态就成了佛陀。

诗圣杜甫就是如此。且看：一般诗人写诗，表情达意即可，讲究点的，追求意新境阔、追求炼词炼句炼意，以达到"人人意中有而人人笔下无"的效果，若有那么两三首能传至后世，就很不错了，比起速朽的身体，自己的才情好歹也算"不朽"了。但杜甫不然，他对写作、对诗歌、对语言，有一种圣徒般的虔诚，他说过"文章千古事，得失寸心知"，他把写作当成千古盛事，从事文字的人怎么能敷衍呢？他发誓"语不惊人死不休"，他要求自己写的诗，不仅感人，而且要惊人，使读者产生强烈的情感战栗，和深刻的心灵共鸣；诗人笔下的语言，应该如同夜晚的闪电，"嚓"——一下子就解剖了黑夜，一下子把群山放倒在手术台上，"嚓"——那闪电，一下子又把群山扶起来，人们猛然看到了黑夜的骨骼，看到了宇宙无穷的深黑里，闪电划开的口子里，奔涌着赤子的魂魄。杜甫是最善于"语言炼金术"的语言大师，语言在他笔下，不是简单的表情达意的工具，语言就是存在本身，就是生命本身，语言就像那燃烧的星辰，构成了意义的深海和充满暗示的深奥宇宙。那些常见的文字和意象，经由他深沉情思的驱遣和重组，忽然都变得灵光四射而又难以一眼看透，意象之光的繁复交织和相互辉映，使本已极其充实的语境里，又罩上一重重灵思和暗示的光晕，语言的暗示、象征、隐喻功能在他笔下得到了最大程度的放大，他的那些精美杰作，每一首都如一座语言的核反应堆，浓缩着精神能量，给人以无尽的想象空间。我们静心细读和体味他的那些七律七绝，五律五绝，就知道他对汉语的运用达到了怎样高超、高深、高妙的化境，

李汉荣

散文精选

那真正是字字钻石，句句珍珠，首首皆精品，篇篇是华章。所以后世诗人和学者都公认杜甫是律诗和绝句的圣手。就他对诗歌和汉语的伟大贡献而言，我们应该永远感谢杜甫，杜甫是我们永远应该尊敬的写作老师和语言老师。他还要求自己写的诗，不只感动当时的人，而且要能穿越时空，感动千古："尔曹身与名俱灭，不废江河万古流"。是的，那些为虚名浮利、为一时的掌声和花环而制作的轻浅的花言巧语和时尚文字，将很快被遗忘，其名声比其肉身会更快地消失，只有伟大深沉的心魂和由这心魂凝结的伟大深沉的文字，才会随那江河万古流。杜甫，他做到了，就在此刻，我笔下流淌的，正是杜甫的诗句，是杜甫的心跳、心血和心魂。

一般的人做人，做个本分人就行，不害人就行，你对我好，我对你也好，对天下国家有感情就行，自己过不好时顾不得别人，自己日子过好了才想起帮帮别人，对草草木木虫虫鸟鸟不一定很同情，对人心善就行——当然，一般人做到这样也不错了，你不能要求所有人都是菩萨和尧舜。但是，杜甫不是这样，杜甫对百姓，对朋友，对国家，对天地自然和万物生灵，都有着非常真挚、笃诚、深沉的感情。在"朱门酒肉臭，路有冻死骨"的昏天黑地，他整夜整夜地失眠，悲悯受苦受难的百姓，在逃亡途中，不顾自己骨瘦如柴，若有一点吃的，他也要分一些给更可怜的人；唐朝快垮了，他苦闷焦虑得想哭，他竟然牵挂着试图重整江山的唐肃宗，他担心这位临危上台、日夜操劳的皇上不能吃上一点肉补补身子；他比皇帝还爱江山和社稷，他眉头经常皱着，他皱着的眉头绝不像贪官污吏之流的眉头，贪官污吏之流皱眉时盘算的是把天下的金银财宝都弄

到自家的库房里，杜甫皱着的眉头上纵横交织着的是国家的忧患、众生的苦难和人民的眼泪。"感时花溅泪，恨别鸟惊心""万古一骸骨，邻家递歌哭"，他为不幸死去的可怜百姓哽咽痛哭；他深沉的感情由人及物，他牵念天下，泛爱万物，同情生灵，"旧犬知愁恨，垂头傍我床"，陪他多年的一只老狗也懂得人世的悲苦，替他分担着忧愁，他也怜惜着这只狗，生怕它死了；而当日子稍好，他就以宽厚的心境，分享着万物生长的喜悦和生灵的闲适——"细雨鱼儿出，微风燕子斜"，我们能想象他时而水边俯首，与鱼儿同游，时而风中仰目，与燕子同飞；"留连戏蝶时时舞，自在娇莺恰恰啼"，他流连着生灵的流连，自在着万物的自在；他是如此地挚爱大好河山——"无边落木萧萧下，不尽长江滚滚来""锦江春色来天地，玉垒浮云变古今"，他的血脉里澎湃着古海长河，他的心魂里巍峨着高山大岳；"窗含西岭千秋雪，门泊东吴万里船"，他从一个窗口看见千秋和永恒，他从一扇门里看见万里和无限；他爱家乡，有着浓得化不开的乡愁——"露从今夜白，月是故乡明"，露，此前并不太白，月，此前也并不太明，自从被他深情的眼睛一夜夜提炼，被他真挚的诗句一字字点染，我们的故乡，终于才有了如此白的白露，如此明的明月；还是那明月，"卷帘还照客，倚杖更随人"，卷了竹帘，送了客人，那深情的月光仍照着客人归去，那深情的月光不忘记给那颠簸的影子也递过去一根拐杖；他热爱着朋友李白，但并不是为了求当时已名满天下的李白帮自己，或者借用李白的人脉为自己在唐朝作协弄个理事或副主席的破帽子戴到头上唬人（唐朝没作协），没有，半点都没有，他曾经连续三个晚上都在

李 汉 荣

散 文 精 选

梦里梦见李白——"浮云终日行，游子久不至；三夜频梦君，情亲见君意"，他挚爱李白，这是诗人之爱，精神之爱，纯洁之爱，不是爱他的身外之物、之名，他爱李白的才华风骨，爱李白的浪漫天真，他爱着一颗高洁灵魂闪耀的生命光芒和精神光芒，这是才华对才华的欣赏，这是诗对诗的致敬，这是精神对精神的拥抱。爱在爱中满足了，友谊在友谊中满足了，诗在诗中满足了，精神在精神中满足了。在杜甫那里，爱之外，诗之外，友谊之外，精神之外，再没有更有价值的东西。今天，我们还有这样纯洁深沉的感情吗？

对生命和万物的赤子深情，伴随了杜甫一生。这种体现人之最宝贵品质的深情，没有因为时光推移而淡化，没有因为常人所谓的成熟和老练，而有一丝一毫变质和打折，终其一生，杜甫都是深沉地为感情活着的人，从而才有了那沉郁顿挫、感天动地的不朽诗篇。

雨夜细节：韭菜与那首五言诗

"安史之乱"后，那一年春天的一个雨夜，杜甫拜访久别多年的老友卫八，离久聚暂，相见甚欢，他们拉开话匣子，说人生易老，说儿女成行，说生离死别，说得眼泪汪汪。叙说了一阵，开饭了，"夜雨剪春韭，新炊间黄粱"。米饭里掺着金黄的小米，饭香而可口，菜是土鸡蛋炒韭菜，味道清爽，难得地为瘦弱的杜甫补充了蛋白质。"安史之乱"后，整个唐朝都饿，整个唐朝都营养不良，唐朝的脸上泛着菜色。这个夜晚，生活并不宽裕的主人，慷慨地接

待了杜甫，接待了诗，为诗改善了生活，也顺便为骨瘦如柴的历史补充了一点营养。"主称会面难，一举累十觞"！主人说："杜甫兄弟，见一面不容易啊，咱哥俩今晚一定要一口气把十杯酒干了！""十觞亦不醉，感子故意长"，杜甫连干三杯，说："就是连喝十杯也醉不倒我，因为你这诚挚的情义无限深长啊。"那夜，雨淅沥下着，透着一股春寒，主人的夫人生火做饭的时候，主人就去门外菜园里剪韭菜，杜甫是厚道人，也是勤快人，他怎么好意思让老友忙这忙那，自己却坐等开饭吃现成的？"我们一起剪韭菜吧"，说着，杜甫就与老友到了菜园，韭菜水灵灵的。国家东倒西歪，韭菜却长势良好；朝廷树倒猢狲散，民间还保存着淳朴礼仪，你看韭菜是如此认真细腻，是如此诚恳亲切。韭菜一行一行的，雨落下来，一行一行的韭菜，就排列起一行一行的泪珠，排列着一行一行的诗，是的，是一行一行的五言诗啊，整整齐齐的，清清爽爽的，押着韵的，合着平仄的，这不是天然的五言诗吗？与老友一同在雨地里剪着韭菜，杜甫眼睛有些潮湿，他没有让老友看见，只说，这雨水落在眼窝里，也想在我眼睛里住下不走了，可是，"明日隔山岳，世事两茫茫"，今夜之后，明年的春雨，后年的春雨，以后千年万载的春雨之夜，我们还能遇到吗？一行行韭菜，就泪汪汪地排列成一首深情的五言诗。直到此刻，在我的窗外，那场雨还在下着，那菜园里一行行韭菜，还在泪汪汪地，默念着那首五言诗……

就这样，一千多年前，那个雨夜里的春韭，被杜甫保鲜在一首诗里，至今仍散发着清香。

走近诗佛

一

在群星满天的唐代诗人中，王维是很特殊的一位诗人：若论诗的艺术性，在唐诗乃至整个中国古代诗歌史上，王维诗的艺术成就是很高的，他是我国山水田园诗的艺术大师。

先说他为何特殊。在古代，文人士子大都有自己的精神信仰和道德理想，或崇儒，修身以济世；或学佛，自度兼度人；或尚道，抱朴而怀素。其实，数千年里，大部分知识分子和普通中国百姓，绝不像现在的人们这样失去了精神信仰：除了只信钱和权，什么都不信，除了迷失于这个物质主义、消费主义的世俗生存世界，再无精神的方向和心灵的净土。古时可不是这样的。对古时的中国人来说，儒、释、道并非仅仅是说教，而是普及了的信仰和道德，像空气一样弥漫在日常生活中，渗透在人们的心性里，经久不息地塑造

了中国人的心灵和情感。即使有的人并不明确信什么，心里还是有潜在信仰的，因为，儒、释、道已经成为人们"道德的底稿"和精神的基因。文人整体上都笼罩在儒、释、道构成的精神文化大气层之下，只不过有的更多儒家风范，如杜甫；有的更显道家风骨，如李白；而被称为诗佛的王维，当然身上就更多了佛的气息。

那么，既然所有文人都有精神的信仰，王维信佛，又有什么特殊呢？

古代大部分文士，他们倾向或认同某种信仰，主要是吸纳其道德元素和文化元素，将其内化于自己的德行和著述，但未必真的像信男善女那样，在仪轨上严格谨守。而王维的特殊正在这里：他不仅在精神上皈依了佛教，而且在日常修持和生活方式上，他完全是一个虔诚、标准的佛教徒。

王维的母亲就是笃诚的佛教徒，王维自小沐浴在佛香和经声里，自小受母亲的言传身教，这对他精神世界的影响是巨大的。王维早年积极入世，考取进士，入朝做官，安史之乱期间和之后，他遭遇仕途打击，虽未完全退出官场，仍作为朝廷官吏拿着俸禄，但上班也只是象征性地应个卯，因为当时的都城长安城离终南山不远，乘马车、骑驴或步行，要不了多时就进山了。王维多数时候都是远离都城，在终南山的辋川一带隐居山林，吃素守斋，诵经坐禅，严格修持，在优美恬静的山水田园里修身养性，消融自我，安顿心魂，过着居士的生活。《宋高僧传》记载："松生石上，水流松下。王公焚香净室……"《旧唐书·王维传》记载："斋中无所有，唯茶铛、药臼、经案、绳床而已。退朝之后，焚香独坐，以禅诵为乐。"他在《山中寄诸弟妹》一诗中，这样描述他的修行生活："山中多法侣，禅诵自为群。城郭遥相望，唯应见白云。"我远离尘嚣，隐遁深山，和众僧侣们诵经修行，远在城里的弟妹们啊，你们遥望高山，望见了什么呢？你们是看不见我的，只看见那满山的白云。是的，那个俗界的王维已经不见了，他已和山水林泉、清风白云化为一体了。

作为佛教徒的王维，其修持的严格，从这件事可见一斑：王维三十岁左右的时候，妻子病故，"妻亡不再娶，三十余年孤居一室，屏绝尘累"（《旧唐书·王维传》），直到六十一岁逝世。他生前交往的也多是僧人居士、淳朴百姓，很少与名利之徒有什么瓜葛，而与他的心灵长相往来的，就是那笼罩着佛光禅意的山水林泉。

二

日日禅诵清修，悟道吟诗，又时时置身于山水田园、白云清泉之间，这样长期的修炼，可想而知，这位佛徒兼诗人，其内心世界和性灵趣味，已达到了怎样纯净、安详、空灵和高妙之境？加上他过人的天赋、丰厚的文化修养、深湛的悟性，他诗歌艺术所达到的高深而悠远的境界，就是可期待的了。

王维对我国古典诗歌最大的贡献，就是创造了一个充满禅意，但又可感可悟，既如仙境般空灵悠远，又是凡人也可以转身进入的诗意世界。

试读《鹿柴》：

"空山不见人，但闻人语响。返景入深林，复照青苔上。"

早年我读此诗，觉得没什么深意，没什么了不起，不就是夕阳返照、空山幽寂吗？

及至后来，反复诵读和揣摩，我才有了较深一点的体悟，这是一首多好的诗啊，它的意境是那样的朴素、简洁、空远和清澈，若是高调一点说，这首仅二十个字的诗，呈现和暗示的却是对生命本质的顿悟和对永恒的观照——

我们若是走进深山，都会有这样的体验：山谷深深，山峦重叠，空山寂寥，世界静如太古，突然，不知从哪片林子或哪个幽谷，传来人说话的声音，那人语与山岩相遇相撞，又变成了此起彼伏的回声，那人语于是被放大、被拉长了，仿佛有许多人、许多物，都在传递一句惊世话语。那回声与你擦身而过，你也似乎加入了对那句人语的放大和传递，你也成了回声的制造者。很快，那人语和回声，静了下来，无边山色融化了那人语，无限时空删除了那回声，空山，又回复到以前的静，那太古般的静，就像这深山从来没有出现过人语人声一样。这时，只看见，夕阳的余光照进林子里，又从枝叶间漏下，静静地照在青苔上。而那厚厚青苔，已不知是从多少万年的腐殖土里生长出来，哦，在这万古千秋的宇宙里，在这无边的荒凉和寂静里，人是什么呢？人，就是无边寂静中的那声人语。人能做什么呢？人能做的，就是发出那声"人语响"，就是看到那返照。而发出又怎样？看到又怎样呢？发出就发出了，没发出也无妨；看到就看到了，没看到也无妨，这都不会使空山和宇宙增添什么或减少什么。你瞧：在寂静的空山和寂静的林子里，还是那不多不少的幽幽天光，还是那不生不灭的渺渺返照。

诗中，那位观察者始终没有出现，但无疑他是这一情景的目击者，他听到了那短暂的人语，他沐浴了那短促的返照。他孤独吗？他忧伤吗？他绝望吗？因为，在此时此山间，他目击了时光流逝的拐点，数声人语之后，半个夕阳沉没，天地浑茫，万物消隐，发出人语的人，不知所终；看见返照的人，不知所终。只有寂静的宇宙和寂静的空山，重复着万古的寂静。那么，那位始终没有出面的观察者，他此时的心境是怎样的呢？作为绝尘出世之人，他那空远的心，无关风月，无关悲喜，他的心境，超越了世俗的悲喜，他的心境是一片澄澈、空阔和宁静，因为，宇宙的玄机和生命的深意，在这一刻已经向他敞开和呈现，他的心，已洞悉了天地之心。一颗洞悉了天地之心的心，已然与天地合一。这一刻，他体验到了剔除一切妄念和尘垢，找到自己的透明本心的那份空灵、自由、辽阔、自洽的感觉，体验到人的本心与宇宙、与更高的真理融合为一时的那种通脱和圆融。此时他无悲无喜，因为他超越了悲喜。这时候，他领悟了生命的意味和宇宙的真相，他体验到从幽深的本心里生起的那种无关风月、无关功利、无以言说的喜悦和宁静，这就是妙不可言的禅悦和无上法喜。

三

再读《辛夷坞》：

"木末芙蓉花，山中发红萼。涧户寂无人，纷纷开且落。"

这是一首同样会被人小看的诗，可笑的是，我当年就无知地以"过于简单"妄评之。古人说最好的诗文当具备这样的品格："状难写之景，如在目前；含不尽之意，见于言外。"这首诗倒没有什么难写之景，却在极有限的文字里，蕴藏着不尽之意。

那树梢顶上的花儿，静静地开了，开得那么热烈和红艳；在这深涧幽谷，渺无人烟，花儿，就那么纷纷开着，纷纷落着，花影落在花影上，那么唯美和安详。这情景，就像静夜的月亮走过清空，月光落在月光上，那么轻盈和自在，并不因无人仰望或注视，月光就减少一丝清辉；也像那幽谷山泉，清流自地底涌出，碧波接纳着碧波，绝不会因为没有鸟儿临水照镜，没有幽人掬水而饮，这泉水就失色了。

这是寂寞的热烈，这是平淡的沸腾，这是震耳欲聋的寂静，这是万物的自性圆满，这是不需要看客的生命出演，这是不需要目的的审美晕眩，这是不需要结论的哲学思辨，这是不需要旅伴的精神历险。这是一场幸福的灾难，不需要救援；这是一次美丽的崩溃，不需要同情；这是此刻的自己与更高处的自己举行婚礼，不需要祝贺；这是正在悄悄举行的盛宴，不需要别人买单，这是心灵在自己盛情款待自己；这是一个自然之物在内心里度过的节日，这是一个自在生命在完成自己以后，自己目送自己走远，自己目送自己离开自己，到自己的更远处去，到自己的更深处去，到永恒那里去。

这首诗里暗含着对佛教的生命哲学的深刻理解。佛曰：一念觉即佛，一念迷即凡夫；佛是觉悟了的众生，众生是未觉悟的佛。佛

李汉荣
散文精选

曰：境由心造，心由念生；去妄归真，明心见性；明心则觉，见性成佛。那纷纷开且落的花儿，正是觉悟之花，性灵之花，智慧之花，自性圆满之花。它开了落了，都不是为了博取谁的认同或欣赏，它是自在、自为、自足的，它开了落了，就像一曲音乐，从寂静中响起，缭绕于天际，然后默默地回到寂静。

再看《竹里馆》：

"独坐幽篁里，弹琴复长啸。深林人不知，明月来相照。"

在深深的竹林里，一个人时而弹琴，时而长啸，不是为了让人欣赏，只有明月才是最高洁的知音，明月从天上远道而来，着迷地看着我，我也望着这天上的知音。我和月亮，就这样悠然地、陶然地、无言地久久彼此对望着，遂望见了彼此之本心，望见了天地之心，望见了永恒。

这其实是一个人在与天地精神相往来，类似庄子的"心斋"和"神游"，那是一种"妙处难与君说"的精神漫游和心灵飞翔。明月是天地之心，而一颗洗尽纤尘的诗心，与明月对望，实则是最好的人心（禅心），与最清澈的天心的相遇相融。这一刻，天地间万虑尽消，一尘不染，唯有深湛的觉悟和透明的欣悦，笼罩和抚慰着天心人心。这同样是只可意会不可言传的禅悦和法喜，是超越世俗悲喜的大自在和大喜悦。

这首诗不可不读，《书事》：

"轻阴阁小雨，深院昼慵开。坐看苍苔色，欲上人衣来。"

雨天，漾漾轻阴笼着阁楼，正好在安静的深院里诵经禅坐，大白天也不想打开院门。走下阁楼禅房，就静坐在院子里，久久凝视

积年的青苔，看着看着，那浓郁的苍翠之色，仿佛就要漫上衣服，漫上身体，漫进心魂，将人整个儿也染绿，变得像时光一样苍翠古老。

就那么一地青苔，诗人却感受到了无限的悠远和幽邃！在禅心和佛眼里，青苔岂止是青苔？那是时光的堆叠，那是"悠久"的暗示，从永恒漫向永恒；那同时是一种无声的偈语，让你静下来，慢下来，最好停下来，听听时间的足音，看看"无常"的表情，当时间慢下来，"无常"停下来，"无常"也似乎变成了恒常，也有了这深蓝的表情。那么，坐下来吧，邀请飞奔的时光也坐下来，在不停的流逝和无休止的"动"里，体验这一瞬的"绝对静止"；这一刻，飞速旋转的宇宙和奔腾流逝的万事万物，都慢下来，静下来，停下来，停靠在这无限幽深宁静的意境里。

四

归隐修禅之后的王维，是否就心空如洗、情淡如水了呢？

他毕竟是诗人，诗人不同于"看破红尘凡间事"的一般僧侣。即使出家人中，也有不少人只是个"自了汉"，自己出离苦海而未必关怀仍在苦海里挣扎的众生，这是些自度而不度人的自私俗僧。诗人兼僧人的王维，既有出世之大觉大悟，也保持着济世的大慈大悲。诗人兼僧人者，必是将彼岸幻梦与人间慈悲集于一身的人。他岂能没有超常之深情？是的，若论才思和智慧，王维绝对是高人；而若论情怀和心肠，王维绝对是善良、慈悲、深情的好人。

且读这首《观别者》:

"青青杨柳陌,陌上别离人。爱子游燕赵,高堂有老亲。不行无可养,行去百忧新。切切委兄弟,依依向四邻。都门帐饮毕,从此谢亲宾。挥泪逐前侣,含凄动征轮。车徒望不见,时见起行尘。余亦辞家久,看之泪满巾。"

你看,诗人的悲悯情怀何等深沉!他看见百姓离别的悲伤:父母已老,家境贫寒,儿子不出外打工就没法生活,出外又担心在家的老人,但为了生计,只好离家远行,临别依依,含悲上路,车行渐远,唯见行尘。诗人见此情景,想起自己也是远离故乡的人,不觉为之泪流满面,泪水,把衣巾都打湿了。在这首诗中,我们发现唐朝也有到远方城市打工的农民工,可见百姓生存之不易,古今皆然。

我们一定还记得,王维那首脍炙人口的名篇,《九月九日忆山东兄弟》:

"独在异乡为异客,每逢佳节倍思亲。遥知兄弟登高处,遍插茱萸少一人。"

多么情深意长!这是作者十七岁时的作品(诗题中的山东,非现今山东省,指终南山以东)。可见,年轻时的王维,是怎样一个深情的人。对人世用情深者,一旦将这深情倾注于天籁自然和精神彼岸,必然对生命和宇宙生出深沉的觉悟与幽微的感怀。当他皈依了信仰,一心求道向佛,他对人间的深情深意,就在佛的智慧照拂下,深化和提炼成了对天地万物之神奇存在的澄怀观照,对更玄妙的宇宙意境和生命美感的悠然心会和深情领悟。

诗情,禅意,法喜,这是上苍赐予人的最高级的精神礼物,得

此"三宝"者，是享天福的人。王维，就是一个享了天福的人。他用佛眼看天地，看山水，看草木，看生灵，他看见的一切，都经禅心的照拂和提炼，而化成一片禅意；他的心，常常悲悯着红尘众生，到了后期，则时时沉浸于禅悦和法喜之中。但他一点也不自私，他没有私享那份大喜悦。他把它们提炼成情思深湛、意境悠远、寄托遥深的诗篇，让千年万载的人们共享。他的诗，实乃是精神修行的记录，是内心法喜的投影。

五

细读王维以及古代诗歌大师们的诗歌，我们会被他们深湛的诗心诗情和诗歌意境，所深深感染和触动，他们引领我们的心智去聆听、靠拢一种意蕴无穷的灵性世界，阅读的过程，就成为我们洗心和找心的过程，我们经过一番心灵洗礼，终于找到了我们平日被滚滚尘埃和无边啸声所遮蔽掩埋的本心、灵心和赤子之心。于是，沿着一首诗，我们返回到世界的第一个清晨，返回到心灵的上游和源头，返回到一棵刚刚破土抽芽的羞涩春草面前，返回到一眼清泉面前，返回到一颗露珠面前，甚至，我们住进了那颗露珠里，我们变成了一颗透明的露珠。

一首真正的好诗，不只要有情感，有美感，有意象，有意境，而且那意境里，必然涵纳蕴藏着一种被更高的精神苍穹所笼罩的灵性、灵心和灵境，一种用我们流行语言所不能完全"翻译"的深意，这就是古人所说的"诗无达诂"，我们需用更深的灵性和灵心，

李汉荣
散文精选

去穿越一般的、浅陋的，甚至扭曲性的理解，从而抵达和领略隐藏在文字深处的诗人的灵性、灵心和灵境。这也正如现代伟大作家马尔克斯所说："诗是平凡生活中的神秘力量。"我们读一篇诗文杰作，必须超越狭隘的实用理性，超越被世俗生存阉割和定义了的、格式化、功利化、扁平化、快餐化、碎片化了的残缺感受力和理解力，而以更深的灵性和更圆融的智性，去领悟这篇杰作的"弦外之音""言外之意""韵外之致""篇外之趣"，去感应那"神秘力量"带给心灵的微妙触动和持久战栗。

重读古典诗文杰作，我们在被触动、被感染、被熏陶之余，也联想到如今文字帖子和诗词帖子铺天盖地，何以深湛隽永、直抵心灵的真正杰作却寥若晨星，难得一见？

这不只是技巧问题、修辞问题、语言问题，而更主要是精神质地的问题和文本内涵的问题。如今滚滚如大江流水般的写作者和写手，有多少人有自己所笃信的精神信仰和心灵方向？信仰缺席，必然导致心灵贫困；心灵贫困，必然导致哲学荒芜；哲学荒芜，必然导致美学浅陋——而这一切，又必然导致灵性的遮蔽和灵心的枯萎，灵性和灵心不存，则何来诗心、诗感？没有诗心和诗感，又何来诗情诗意？

……

当此之时，我们不妨重新返回经典的阅读和古典的阅读，走近古圣先贤的心灵世界和诗意乾坤，体味他们的诗心、诗情、诗意和诗境，沐浴古时的晨光落照和灵性点化，重建我们的灵性世界和诗意乾坤，找回我们对诗、对心灵生活、对语言的那种初恋般的感觉……

桐子树与李商隐的西窗烛

桐子树生于丘陵坡地，枝丫向四周均匀伸展，树冠呈圆形，一派雍容气象，农历二月开花。民间把二月倒春寒称为"冻桐子花"，可见此树生于忧患。生于忧患，就不会死于安乐，秋来就是满树桐果。桐果可榨成桐油，我记得桐油可作灯油，不知道它别的用途。我想古人照明用的油灯，大约就是桐油吧，灯下读书，灯下猜拳，灯下吟诗，灯下弹琴……一灯如豆，那微弱的光亮，迷蒙的身影，使数千年历史笼罩着一种温暖的情调和动人的幽暗。剪去灯花，把灯拨亮一些，灯盏里的油，总是慢慢地燃着，时光也慢慢地移动着。

"君问归期未有期，巴山夜雨涨秋池。何当共剪西窗烛，却话巴山夜雨时。"每读李商隐这首诗，思绪就有些温润潮湿。这就是诗的魅力，雨的魅力，还有那西窗烛的魅力。千年前的那场雨至今仍在下着，斜斜地飘进我们干燥的夜晚，而那灯烛仍在我的想象里微弱地燃着，随着风起伏摆动，似乎风再大一点，烛光就灭了，但

李汉荣
散文精选

烛光终没有灭，盏里的桐油再添上一些，守夜的人儿继续等待，等待与那雨中的归人，一齐面对时光的灰烬，一齐聆听梦中的雨声。

灯盏里古铜色的桐油烛照了那些相思的夜晚，缓缓飘动的灯影里，我恍然看见了那忧郁、深情的眼神，一个人是那么真挚地为爱情忧郁着，他（她）存在的地方，就是苍茫天地的中心。而在这小小中心里，灯熬着桐油，心熬着血，血浸染着思念，思念凝结成诗。

如今我们是不需要那古老的油灯了，孤寂的、滴滴渗入心中的夜雨已不再降临我们的夜晚。街市的霓虹装饰着生存的天空。我们几乎没有见过灯花是什么样子，若把剪灯花的故事讲给孩子们听，他们会觉得与神话一样不好理解。在现代，炽燃的灯火把夜晚照成嘈杂的白昼，没有记忆，没有等待，没有深情，没有思念，没有诗，空洞的影子追逐着影子的空洞，商业的魔术师导演了一个又一个消费的连续剧，古老的银河断流在金融大厦的上空，北斗和月光退出了视野，在一览无余的商业的伪白昼，我们关闭了仰望的目光，关闭了对辽阔宇宙的想象，关闭了对远方的思念，关闭了深挚的内心沧海，我们忙着关注不断刷新的财富指数，忙着追踪不停疯长的消费神话，在商业的太阳的暴晒下，自沉于物质主义池塘，我们似乎安于内心的贫乏和昏暗。

而桐子树，这古老的植物，这曾经照亮爱情、照亮诗、温暖诗人额头的忠厚植物，仍在山野坡地寂寞生长着，像古代那样生长着，到了秋天仍然结出满树的果子，虽然没有一粒果子会变成灯光，去照亮一行诗。桐子树生长在人的外面，大自然生长在人的外

面。太阳落下山以后，山上的桐子树看见的仍是古时候的夜晚，它看见公元前的浩瀚天河，丝毫也没有落潮，李商隐细数过的那些忠贞的远古的星星，一颗也没有丢失……